中國語言文字研究輯刊

二三編

許學仁 主編

第 **16** 冊

季旭昇學術論文集
（第三冊）

季旭昇 著

花木蘭文化事業有限公司

國家圖書館出版品預行編目資料

季旭昇學術論文集（第三冊）／季旭昇 著 -- 初版 -- 新北市：
花木蘭文化事業有限公司，2022〔民 111〕
目 4+162 面；21×29.7 公分
（中國語言文字研究輯刊　二三編；第 16 冊）
ISBN 978-626-344-030-2（精裝）
1.CST：漢語文字學 2.CST：語言學 3.CST：文集
802.08　　　　　　　　　　　　　　　　　111010180

中國語言文字研究輯刊
二三編　　第十六冊　　　　　　　ISBN：978-626-344-030-2

季旭昇學術論文集（第三冊）

作　　　者　季旭昇
主　　　編　許學仁
總 編 輯　杜潔祥
副總編輯　楊嘉樂
編輯主任　許郁翎
編　　　輯　張雅淋、潘玟靜、劉子瑄　美術編輯　陳逸婷
出　　　版　花木蘭文化事業有限公司
發 行 人　高小娟
聯絡地址　235 新北市中和區中安街七二號十三樓
　　　　　　電話：02-2923-1455／傳真：02-2923-1452
網　　　址　http://www.huamulan.tw 信箱 service@huamulans.com
印　　　刷　普羅文化出版廣告事業
初　　　版　2022 年 9 月
定　　　價　二三編 28 冊（精裝）新台幣 96,000 元

季旭昇學術論文集
（第三冊）

季旭昇　著

米

目次

清華肆《筮法》《別卦》卦名考：戠（乾）

　　自從地下考古材料大量出土後，有些已往認為沒有什麼問題的傳統說法，漸漸都有重新檢討的必要了，《易經》的卦名就遇到這樣的情況。自從馬王堆帛書《周易》出土，其中的卦名異稱引起學者很多討論；土家臺秦簡《歸藏》、《上海博物館藏戰國楚竹書（一）·周易》、《清華大學藏戰國竹簡（肆）》陸續出版後，學者瞭解這些易卦的異名，絕大多數都是同音或音近字。但是，進一步我們覺得感興趣的問題是：這些同音或音近字中，那一個是最近卦義的，這在《易》學研究上應該是一個重要的問題。

　　《清華肆·別卦》中有 49 個卦名，如下表（別卦名／周易名）：

□／乾	□／艮	□／震	□／坤	□／兌	□／離	□／巽
置／否	大筥／大畜	大臧／大壯	龖／泰	癹／夬	少又／大有	小筥／小畜
欸／遯	僕／剝	介／豫	謙／謙	坙／萃	懇／晉	觀／觀
頯／履	馘／損	少迆／小過	謹／臨	慾／咸	遮／旅	藅／漸
訟／訟	惷／蒙	避妹／歸妹	帀／師	困／困	僯／睽	中／中孚
同人／同人	蠢／賁	纏／解	亡匡／明夷	苂／革	溇／未濟	悆／渙
亡孟／无妄	顕／頤	酆／豐	復／復	墾／隨	斄／噬嗑	䢔／家人
緜／姤	岥／蠱	悠／恆	挃／升	大迆／大過	鼎／鼎	萗／益

　　第一列的八個純卦，簡文沒有，此外又缺一支簡（缺坎組：需、比、蹇、節、既濟、屯、井），因此剩餘二至八行共 49 個卦名，除了同名，古今字或異體字（如帀／師為古今字；頿／履、敊／損、返／復、顗／頤、返／復、恣／恆、鼑／鼎為異體字），可以視為同一個卦名的異寫，其餘我們都用比較嚴格的標準視為同一個卦名的異稱，並在卦名下標橫線，共有 33 個。

　　在這 33 個卦名異稱中，原考釋多以音韻通假討論〈別卦〉卦名和傳本《周易》的關係，較少討論那一個卦名較接近卦本義。蔡飛舟〈清華簡《別卦》解詁〉指出個別卦名兼有音近及義近關係（《周易研究》2016 年第 1 期）。程浩〈清華簡《別卦》卦名補釋〉指出〈姤〉卦作「緐」、〈豫〉卦作「介」、〈升〉卦作「挋」、〈噬嗑〉卦作「燮」都應存在義訓關係，不是單純音近通假（《簡帛研究 2014》）。黃澤鈞〈清華肆〈別卦〉卦名釋義──以文義相關為原則〉指出〈遯〉卦作「敓」、〈蠱〉卦作「峳」、〈大壯〉卦作「大藏」、〈旅〉卦作「遮」亦有文義關聯，而非只是音近通假（未刊稿）。拙作〈《清華肆・別卦》「泰卦」「渙卦」卦名研究〉［註1］指出〈泰〉卦《清華簡・別卦》作「鼜」，二者都是「徹」的假借；〈渙〉卦《清華簡・別卦》作「惡」，應該是比較合乎卦象的卦名，後來語音變化，這個卦名漸漸讀得接近「爰」，因此《上博三・周易》加「爰」聲。其後語音更接近「渙／奐」，於是馬王堆《周易》卦名就寫成「渙／奐」，今本《周易》則作「渙」。除了這些成果外，這 33 個卦名還有一些難以論定的，有待學界給予更多的關注。

　　〈別卦〉缺了一支「坎」組的簡，因此少了「坎」組的 8 個卦.。此外，〈別卦〉也不寫 8 個純卦（即由經卦上下相疊而組成的純卦）。從純卦的組成，我們可以推想這 8 個純卦的卦名應該就是因襲 8 個經卦的卦名。在〈筮法〉中有 8 個純卦的名稱，見第二十二節〈乾坤運轉〉、第二十五節〈天干與卦〉、第二十六節〈崇〉等，這八經卦的名稱是：

　　軓（乾）、巸（坤）、艮、兌、裻（勞／坎）、羅（離）、礜（震）、巽。

　　我們在《讀本》中已經很清楚的疏理了這八個經卦的名稱和傳本《周易》用字不同的卦名，其實二者都有聲音關係。但是，這些用字不同的卦名，何者

［註 1］季旭昇〈《清華肆・別卦》「泰卦」「渙卦」卦名研究〉，紀念清華簡入藏暨清華大學出土文獻研究與保護中心成立十周年國際學術研討會，清華大學出土文獻研究與保護中心，2018 年 11 月 17～19 日。

才是最接近卦義的卦名，是一個值得探討的問題。本文想探討的便是這八個經卦的第一卦：朝。

已往所見《易》乾卦的卦名異稱極少，以下是《清華大學藏戰國竹簡（肆）讀本》黃澤鈞整理的「六十四卦卦名比較表」中的第一表：〔註2〕

清華肆	王家臺	馬國翰	上博	阜陽	馬王堆	熹平石經	今本周易
〔朝〕	天目	乾			鍵		乾

王家臺秦簡《歸藏》的原文，據王明欽公布的釋文作「☰ 天目朝＝不利為草木贊＝偶下□⊘」，它的卦名究竟是什麼？各家看法不同。王明欽〈王家臺秦簡概述〉「《歸藏》與《周易》卦名、卦畫比較表」以為是「天目」；廖名春以為是「天」；〔註3〕蔡運章同意是「天」；〔註4〕王寧以為書手漏寫了卦名「乾」。〔註5〕諸說誰對，目前資料不足，難以判斷。因此，王家臺的卦名本文不予討論。剩下「乾」卦卦名的異稱只有三個：鍵、乾、朝。

我們先探討「鍵」的意義。《說文》：「鉉也。一曰車轄。從金，建聲。（渠偃切）」。據此，「鍵」的意義有「鉉」——扛鼎的鉤子、「車轄」——車輪軸部兩

〔註2〕「王家臺」，據王明欽：〈王家臺秦簡概述〉，收錄於艾蘭、邢文編：《新出簡帛研究》（北京：文物出版社，2004年12月），頁26～49。「馬國翰」，指〔清〕馬國翰輯：《歸藏》，收錄於《玉函山房輯佚書》（濟南：山東大學出版社，2006年12月，景印山東圖書館藏清道光咸豐間歷城馬氏刻同治10年濟南皇華館書局補刻本），卷1，葉1～23。「上博」，指馬承源主編：《上海博物館藏戰國楚竹書（三）》（上海：上海古籍出版社，2003年12月），頁11～70，131～260。季旭昇主編，陳惠玲、連德榮、李綉玲合撰：《〈上海博藏戰國楚竹書（三）〉讀本》（臺北：萬卷樓圖書公司，2005年10月），頁1～174。「阜陽」，用韓自強編著：《阜陽漢簡〈周易〉研究：附〈儒家者言〉、〈春秋事語〉》（上海：上海古籍出版社，2004年7月），頁3～86。「馬王堆」，用湖南省博物館、復旦大學出土文獻與古文字研究中心編纂，裘錫圭主編：《長沙馬王堆漢墓帛書集成》（北京：中華書局，2014年6月），冊3，頁3～162。表格中的卦名以馬王堆《周易》經文為主，若馬王堆《易傳》（〈二三子問〉、〈繫辭〉、〈衷〉、〈要〉、〈繆和〉、〈昭力〉）有其他寫法，擇要收入並註明出處。「熹平石經」，據屈萬里：《漢石經周易殘字集證》（臺北：聯經出版事業公司，1984年7月），卷2，葉1～49。濮茅左：《楚竹書〈周易〉研究——兼述先秦兩漢出土與傳世易學文獻資料》（上海：上海古籍出版社，2006年11月），頁636～683。「今本《周易》」，據〔魏〕王弼、〔東晉〕韓康伯注，〔唐〕孔穎達疏：《周易注疏》（臺北：藝文印書館，1965年，景印嘉慶20年江西南昌府學阮元《重栞宋本十三經注疏》本）。
〔註3〕廖名春〈王家臺秦簡歸藏管窺〉，《周易研究》2001年第2期。
〔註4〕蔡運章〈秦簡寡天蕃諸卦解詁——兼論《歸藏易》的若干問題〉，《中原文物》2005年第1期。
〔註5〕王寧：《對秦簡〈歸藏〉幾個卦名的再認識》，簡帛研究網站，2002年10月12日，網址：http://www.bamboosilk.org/Wssf/2002/wangning04.htm。

頭擋住輪子不使外脫的金屬鍵。另外，在文獻中，「鍵」的主要意義就是「門閂」。《易經・乾卦》大概不會取象於鼎鉤、車轄、門閂。但《易經・乾卦》跟「健」有點關係，《乾卦・象傳》：「天行健，君子以自強不息。」〈文言〉：「大哉乾乎！剛健中正，純粹精也。」因此有學者則以為「鍵」應是「健」的假借，廖名春《周易經傳十五講》云：

> 卦名乾，在馬王堆帛書《周易》經、傳中都寫作「鍵」，《大象傳》也說「天行健」。疑其本名為「健」，而乾當為借字，是很有道理的。因此，整個乾卦，講的就是強健的道理。〔註6〕

其說引〈象傳〉為證，有一定的道理。《乾・象傳》「天行健」《正義》：「行者，運動之稱；健者，強壯之名。乾是眾健之訓，今大象不取餘健為釋，偏說天者，萬物壯健，皆有衰怠，唯天運動，日過一度，蓋運轉混沒，未曾休息，故云天行健健，是乾之訓也。」這種意義的「健」，其實是兼具「剛強、有恆」二義。通觀〈乾卦〉，卦義非常豐富，似乎不是只有「壯健」。〈乾卦〉以「龍」為象，初九「潛龍勿用」、上九「上九：亢龍有悔」、用九「見群龍无首」，似乎都不是一味地要求「強壯」。因此我們似乎可以說乾卦的「健」比較偏重在「有恆」，或者我們可以稱之為「恆健」。

從出土文獻來看，「健」字晚出，目前最早只見於漢簡。十三經中，除了《易傳》，其它經典沒有一個「健」字；先秦諸子中只有《荀子》用到「健」字，《荀子・王制》「材技股肱健勇爪牙之士」，為「肢體強壯」的意思；《荀子・哀公》「無取健，無取詌，無取口啍。健、貪也；詌、亂也；口啍、誕也」〔註7〕，「健」是「貪」的意思，完全沒有「恆健」的這種用法。從這一點來看，六十四卦成立的時期，當時有無「恆健」這個概念，恐怕是還要審慎探討的問題。

其次談「乾」。《說文》：「𠄌 上出也。從乙；乙，物之達也。乾聲。𠣜，籀文乾。（渠焉切，又古寒切）」在沒有古文字足資比對的時候，易學家大體上都不去理會「乾」字的本義；文字學家大多只能從《說文》的解釋去推〈乾卦〉的卦義，如段玉裁《說文解字注》云：

> 此乾字之本義也。自有文字以後。乃用為卦名。而孔子釋之曰。

〔註6〕廖名春《周易經傳十五講》（北京：北京大學出版社，2004年），頁71。
〔註7〕夏含夷〈周易乾卦六龍新解〉，見《溫故知新錄》，臺北：稻禾出版社，1997年。

健也。健之義生於上出。上出爲乾。下注則爲淫。故乾與淫相對。

俗別其音。古無是也。

不過，在古文字材料大量出土的今天，我們可以明白地知道，「乾」其實是「倝」的假借分化字，其本義是「乾燥」，作爲卦名用，肯定是假借。出土材料可見的「乾」字如下：

1 秦.睡.日甲 39 背	2 秦.睡.日乙 166	3 秦.睡.封 89	4 秦.關 319.1
5 秦印匯 275	6 漢.馬.病 23	7 西漢.張.脈 32	8 西漢.武威儀禮.特牲 19
9 西漢.武威儀禮.特牲 19	10 西漢.武威儀禮.少牢 27	11 漢.敦煌漢簡零拾	12 東漢.武威醫簡 48
13 東漢.武威醫簡 60	14 東漢.武威醫簡 65	15 東漢.武威醫簡 87 甲	16 東漢.武威醫簡 87 乙

《說文》：「乾 上出也。從乙；乙，物之達也。乾聲。乾，籀文乾（渠焉切，又古寒切）。」「上出也」這個義項，文獻未見，大概是許慎或其相承師說由偏旁「乙」推出來的，《說文》釋「乙」爲「象春艸木冤曲而出，陰氣尚彊，其出乙乙也」，因而「乙」有「出」義，「乾」字從「乙」，因此釋爲「上出」。段注云：「此乾字之本義也。自有文字以後，乃用爲卦名。而孔子釋之曰：『健也。』健之義生於上出。上出爲乾，下注則爲淫，故乾與淫相對。俗別其音，古無是也。」除了最後五句說對了之外，其他都是舉不出證據，但從《說文》附會而出的說法。

從「乾」的字形來看，它應該是從「倝」分化，所謂的「乙」只可能是分化符號，《說文・乙部》從「乙」構形的字只有三個，「亂」顯然就是「圖」

的分化字,「乙」只是分化符號;「尤」應該是「厷」的假借分化字,也不從「乙」〔註8〕。「乾」字也應如此,它應該是「倝」的假借分化字,最遲在秦漢時出現了「乾燥」的「乾」這個音義,但是沒有字,於是假借「倝」,另加「乙」形,分化出「乾」字。因此在先秦文獻中,「乾」字的意義都是「乾燥」及其引申義,秦漢出土文獻亦然。

「乾」字從「倝」字分化,因此偶爾也保留了「倝」字的相關義項,武威儀禮〈少牢〉「舉尸牢乾」,今本《儀禮》作「舉尸牢幹」,疏:「幹,正脅也。」《說文》無「幹」,一般以為即「榦」,《說文》釋「榦」為「築牆耑木也。從木倝聲」,其實這個字也就是「倝」的分化字,「倝」字本謂旗杆(見下文討論),引申凡是直立豎起的木杆都可以叫「倝」,加「木」則作「榦」。再引申則為「事物的主體部分」,《淮南子·主術》:「枝不得大於榦,末不得強於本。」

如果「乾」字是從「倝」字分化,本來是為了「乾燥」義而造。那麼做為「乾卦」卦名,就只能是假借義,不會是本義。「乾」字的本義及引申義和《乾卦》都沒什麼關係。

聞一多以為「乾」字可以讀為「斡」(二字都從「倝」得聲),「斡」就是北斗星。又以為「潛龍」「見龍」等的「龍」為東宮蒼龍之星,〔註9〕從爻辭來看,《周易·乾卦》取象於龍,這是可信的:

> 乾:元亨,利貞。初九:潛龍,勿用。九二:見龍在田,利見大
> 人。九三:君子終日乾乾,夕惕若,厲,无咎。九四:或躍在淵,
> 无咎。九五:飛龍在天,利見大人。上九:亢龍有悔。用九:見群
> 龍无首,吉。

夏含夷以為聞一多主張《乾卦》的「六龍」確為「東宮蒼龍」,但說得不夠精確,夏氏對此做了更精細的解說:

> 「蒼龍」的行動,不如聞一多所解,春分即「飛在天」、秋分即
> 「潛淵」,分得那麼清楚。當春分黃昏時,(5)「蒼龍」之角(即角
> 宿)始現於東方地平線之上。此後,「蒼龍」順時逐漸地上升,至夏

〔註8〕參拙作〈從戰國楚簡中的「尤」字談到殷代一個消失的氏族〉,第二屆「古文字與古代史」國際學術研討會,中研院歷史語言研究所,2008年12月12~14日。
〔註9〕見《聞一多全集·2·古典新義·周易義證類纂》(北京:三聯書店,1982),頁45~48。

至則全體陳列於天。流極之後，又開始下降。到了立秋和秋分之間（約現在八月中），角星降至西方地平線之下，亢宿就處於西方地平線之上。最後，到了季秋、孟冬之時，龍體全部位於地平線之下，不見於夜空。〔註10〕

此說很有道理。依此，《乾卦》實取象於夜空所見蒼龍宿，蒼龍宿是天上廿八星宿中的東方七宿。

乾卦的卦象取於東宮蒼龍，在易經形成的時期，是否已有了四象二十八宿呢？四象二十八宿的起源及發展來說，這個可能是存在的。因為歲差的關係，天空中二十八宿的形成有一定的時間，根據竺可楨的研究，在西元前4500至前2400年間二十八宿與赤道相合的最多，這就是二十八宿可以開始成立的年代；〔註11〕根據趙永恆、李勇的研究，在西元前5690至前5570這120年裡，二十八宿與赤道和黃道相合的宿、或月舍宿數和對偶宿數都達到了局部極大值，因此是二十八宿形成的最合理年代。〔註12〕而馮時則以為應在元前3500至前3000年間。〔註13〕不過，天文學上有利於中原地區看得到二十八宿的最大值，與中國真正產生二十八宿（有文獻記載或有堅強證據）是兩回事。一般認為，文獻中出現完整二十八宿的記載見於《呂氏春秋》；而曾侯乙墓漆箱完整地記載了二十八宿之名〔註14〕，則把二十八宿確定出現的時間提前到了戰國早期，這是毫無問題的。〔註15〕

不過，爻辭取象於東宮蒼龍，畢竟和《乾卦》卦名沒什麼關係，聞一多之說在「北斗」與「蒼龍」之間游移，雖然費了很大力氣去彌縫，仍然難愜人意。

李鏡池贊成聞一多把「乾」讀為「榦」：

乾：聞一多認為本當為榦，論證精確。《說文》乾之籀文作𩑣，

〔註10〕夏含夷〈周易乾卦六龍新解〉，見《溫故知新錄》，臺北：稻禾出版社，1997年。

〔註11〕竺可楨〈二十八宿起源之時代與地點〉，《思想與時代》第34期。

〔註12〕趙永恆、李勇〈二十八宿的形成與演變〉，《中國科技史雜誌》第30卷第1期（2009年），110～119頁。

〔註13〕馮時《中國天文考古學》（北京：社會科學文獻出版社，001.11），頁265。

〔註14〕湖北省博物館《曾侯乙墓》（北京：文物出版社，1987.7），頁354。

〔註15〕星宿名是會改變的，如心宿又稱火、大火、商星。柳宿又名味、鶉火。至於考古遺物，如河南濮陽西水坡45號墓出土蚌殼堆成的蒼龍、白虎、北斗，論者或以為即二十八宿的東宮與西宮，參馮時《中國天文考古學》頁278～288。其實都還難以坐實。

從，古星字。疑乾即北斗星之專字。乾和斡并從軟聲。斡者，轉之類名。古人想象天隨斗轉，以北斗為天之樞紐。因此北斗亦可曰斡，或謂之「旋機」。《史記・天官書》:「北斗七星，所謂旋璣玉衡以齊七政。」古人又以為北斗星是天之綱維所繫。《楚辭・天問》:「斡維焉繫?」《淮南子・天文訓》:「天維絕矣。」斡維即天維。古代天文家還說天庭在昆侖山上，北斗當中國的西北隅。故《說卦》有「乾，西北之卦也」的說法。總之，乾，斡都指北斗星。北斗星是天的樞紐，象徵天體。〔註16〕

此說從聞氏把「乾」讀為「斡」，然後把「斡」釋為「北斗七星」，再釋「北斗七星」為「天的樞紐」，象徵天體，希望藉著這麼曲折的解釋，把「乾」和「天」連繫起來。但是，《乾卦》的爻辭明明說的是「龍」，「龍」何以能代表「天」?難以讓人完全信服。

接著談「軟」。

〈筮法〉的「軟」字寫作（簡40。同字又見簡27、39、43，共七個字）。原考釋沒有討論卦名的取義。王寧〈讀《清華簡（肆）》札記二則〉指出:

> 清華簡肆《筮法》中的「乾」寫作「」，整理者隸定作「軟」，這個字應該就是「軟」字，《說文》:「軟，日始出，光軟軟也。從旦㫃聲。」「㫃」字甲骨文裡寫作「」（《前》5.5.7），金文裡寫作「」（休盤），《筮法》的「軟」除去「旦」的部份就是「㫃」之變形。大約古代「軟」也被隸定為「卓」，所以《集韻》中載「乾」的俗體作「乩」。〔註17〕

他並且認為這個字可以證明秦簡《歸藏》「天目朝朝」應是「天日軟軟」的意思:

> 根據傳本《歸藏》，此卦名仍當作「乾」，「天目」以下均卦辭之文。筆者在《對秦簡歸藏幾個卦名的再認識》一文中認為:
>
> 其卦名當是「朝」，原文當為「朝曰:天目朝＝……」，「朝」是

〔註16〕李鏡池《周易通義》（北京:中華書局，1981年），頁1。

〔註17〕王寧:〈讀《清華簡（肆）》札記二則〉，《學燈》第30期，簡帛研究網站，2014年2月22日。

「乾」字之誤，二字古文皆從「倝」，形近而誤。爻辭中的「目」是「日」之誤，「朝＝」讀「朝朝」，即《周易·乾》中「君子終日乾乾」的「乾乾」，此讀爲「倝倝」，《說文》：「倝，日始出光倝倝也。」「天日倝倝」即「日始出光倝倝」。故秦簡《歸藏》原本也是作「乾」，與傳本和《周易》相同，是抄手抄漏了卦名，又把爻辭中的「日」誤寫爲「目」，把「乾＝」誤抄成了「朝＝」。

現在從《筮法》的「乾」作「倝」來看，爲鄙說提供了一個比較直接的證據，就是秦簡本《歸藏》的乾卦的確是寫脫了卦名和「日」字，把「乾」訛作了「朝」。其卦辭中的「朝朝」即「乾乾」，讀為「倝倝」，「乾」、「倝」音近通假。〔註18〕

從《說文》「倝，日始出光倝倝也」的解釋來看，王寧的說法為《易》經「乾」卦卦名釋義提供了一個很好的思考。不過，隨著古文字研究的發展，現時學者對「倝」字有了不同的解釋，因此對《清華肆》「倝」卦，似乎也可以有不同的思考。

首先，我們列出「倝」字的字形表：

1 商晚.倝鼎	2 周晚.𣎴𤳯（翰）	3 周晚.戎生鐘	4 周.翰叟父鼎（翰）	5 春早.曾子倝鼎
6 春中.晉公盆（翰）	7 春戰.石鼓.汧水（輪）	8 春戰.韓鍾劍	9 戰.燕.璽彙2807	10 戰.晉.㝬羌鐘
11 晉.璽彙2086	12 戰.晉.璽彙4062	13 戰.楚.包75《楚》	14 漢印徵4.6（翰）	

《說文》釋「倝」云：「日始出光倝倝也。從旦，㫃聲」，因為小篆字從「旦」，所以釋為「日始出光倝倝」似乎也合理。但是，從出土材料來看，「倝」

〔註18〕王寧：〈讀《清華簡（肆）》札記二則〉，《學燈》第 30 期，簡帛研究網站，2014 年 2 月 22 日。

字實不从「旦」。字表中的△10，徐中舒《鬲氏編鐘圖釋》以為倝即斡之本字，謂旗杆之杆，其本字當如此。〔註19〕△1-3 釋倝（分見馮時〈二里頭文化「常倝」及相關問題〉〔註20〕、張亞初《殷周金文集成引得》〔註21〕）。劉洪濤〈釋韓〉以為「倝／队」同字，表示「旗杆」時「倝」多出「口」形，「口」形與下豎漸訛為「子」、「早」形。〔註22〕謝明文〈釋西周金文的垣字〉以為「倝」从队，○指示旗杆部位，○也是聲符。〔註23〕陳劍以為「倝／队」同字可信，強調它是旗子時，此字就是「队」；強調它的旗杆時，此字就是「倝」，古文字在偏旁中从「队」與从「倝」常有互用的情形，如柞伯鼎「旂（祈）」字从「倝」作 ，這是古文字一形多用的一個例子。〔註24〕

　　從字形表來看，「倝」字的本義是旗杆，應該是合理的說法，可以接受。因此《說文》所釋「日始出光倝倝」，也就成了不可信的說法，文獻中「倝」字也沒有見到「日始出光倝倝」這種用法。《清華肆》卦名「倝」字，自然不能從「日始出光倝倝」去理解。

　　除了見於《說文》外，文獻中沒有單獨出現「倝」字，因此傳統訓詁、辭書都無法推求「倝」字的意義。此字也出現在金文中，大部分都當作姓氏稱，相當於今天的「韓」，只有戎生編鐘「用倝不廷方」，與《詩‧大雅‧韓奕》「榦不庭方」同例，屈萬里《詩經釋義》云：「榦，當讀為周易榦蠱之榦，治也。」〔註25〕

　　此外，我們還可以從孳乳字來歸納「倝」字的意義。據《說文通訓定聲‧乾部第十四》頁 722～724，《說文》从「倝」的字主要有「翰」，意為：天雞、翼、高；「韓」，意為：井垣；「榦」，意為：築墻耑木也、本也；「幹」，意為：蠱柄、運轉；「乾」，意為：上出也。以上這些義項，歸納起來不外：（1）杆狀、柱狀物，引申為主幹、本；（2）鳥翼、高飛；（3）蠱柄、運轉；（4）上出。這

〔註19〕徐中舒《鬲氏編鐘圖釋》，中研院歷史語言研究所專刊之七，1999 年。

〔註20〕馮時〈二里頭文化「常倝」及相關問題〉，《考古學集刊》第十七集，科學出版社，2010。

〔註21〕張亞初《殷周金文集成引得》，北京：中華書局，2001 年 7 月。

〔註22〕劉洪濤〈釋韓〉，《古文字研究》第 31 輯，2016 年 10 月。

〔註23〕謝明文〈釋西周金文的垣字〉，《中國文字學會第七屆學術年會會議論文集》，吉林大學，2013 年 8 月。

〔註24〕陳劍在彰化師大國文系上課所述。

〔註25〕屈萬里《詩經釋義》，臺北：華岡出版社，1974 年十五版，頁 253。

些義項其實都是從「倝」的本義引申出來的。依前面的探討，「倝」為旗杆，也可以表示旗子。旗杆為棒杆、柱狀物、主幹、本；旗子可以指揮，引申為運轉；旗子必需高舉，引申為高。旗子高舉必需讓眾人看到，因此必然旗幟鮮明，《說文》釋「倝」的「光倝倝也」，其實也可以由這裡引申。

不過，這些意義似乎都和《乾卦》的卦爻辭沒什麼關係。

易卦的命名，是一個很複雜的問題，高亨以為是後人所追題：

> 《周易》六十四卦，卦各有名，先有卦名乎？先有筮辭乎？吾不敢質言之也。但古人著書，率不名篇，篇名大都為後人所追題，如《書》與《詩》皆是也。《周易》之卦名，猶《書》《詩》之篇名，疑筮辭在先，卦名在後，其初僅有六十四卦形以為別，而無六十四卦名以為稱。依筮辭而題卦名，亦後人之所為也。〔註26〕

《乾卦》之命名是取九三爻辭「君子終日乾乾」中的「乾」字為名，「乾」的意義則是「健」、「進不倦」。

李鏡池以為《乾卦》卦名是本來就有的：

> 乾坤代表天地，這觀念一定很早。……六十四卦以八卦為主，八卦又以乾坤二卦為主，乾坤卦名，大概一開始就有。六十四卦先有乾坤二名，其他是仿照它們來命名的。乾坤的本義為天地，……乾卦爻辭凡五言龍，依理應該以龍為卦名；不名為龍而名為乾的緣故，因為乾卦的原始就叫乾。乾坤是八卦的系統，而不是六十四卦的系統。八卦創始在先，代表八種物象。由八卦而變為六十四卦，有六十四卦而後繫辭。這個演進的過程是有先後的。〔註27〕

二說各有各的道理。從出土材料來看，易卦源於數字，《清華大學藏戰國竹簡（肆）》所有的卦例都是以三個數字組成的經卦來筮占，簡文中也只出現八經卦的卦名，沒有六十四別卦的卦名（〈別卦〉中才有六十四卦之名）。因此六爻別卦是由兩個三爻經卦組成，應該是可信的。但是從數字卦來看，陽爻有三個數字：一五九，理論上應該27種組合，如☰（一一一）、☴（一一五）、

〔註26〕高亨《周易古經今注》，見《高亨著作集林》第一卷（北京：清華大學出版社，2004年），頁48。

〔註27〕李鏡池《周易探源》（北京：中華書局，1978），頁280～281。

☰（一一九）……，照理這 27 個經卦應該都相當於後世的 ☰，是否這 27 個經卦都叫做「乾」？《筮法》第廿一、廿二節中有八經卦之名，但沒有卦畫，我們無法推知那一個數字卦才是乾卦。在《別卦》中，已經出現了由三爻經卦相重組成的六爻別卦，而八個純卦（即乾、坤、震、艮、離、坎、兌、巽）都隱去不寫，合理的推測當然是八個純卦是由八個經卦重疊而成的，而其卦名也繼承了八經卦的卦名。那麼六爻《乾卦》的卦名是由三爻《乾卦》繼承而來，應該是合理的。不管上述那 27 個經卦是否都叫做《乾》，至少我們可以肯定八經卦中有《乾》，64 卦也應該有《乾》，那麼《清華肆》中的純卦《乾》應該是承襲經卦《乾》之名而來的。

由三個奇數組成的經卦《乾》大概很難有很複雜的含義，《周易·說卦》中說的「乾以君之」、「乾，健也」、「乾為首」、「乾為天，為圜，為君，為父，為玉，為金，為寒，為冰，為大赤，為良馬，為老馬，為瘠馬，為駁馬，為木果」，至少有一部分應該是原始經卦就有的，以奇數、八卦之首這些特性來看，天、健、君、父、首等含義是比較合理的。而在這些特性中，只有「健」字與「乾」、「鍵」、「乾」的語音相合，「健」有「剛健」、「恆健」二義，也與「天」、「君」、「父」等含義吻合。因此經卦《乾卦》的命名，最大的可能應該是來自「健」這個觀念。但是當時沒有「健」字，所以《清華肆·筮法》用了「乾」字、《馬王堆·周易》用了「鍵」字、今本《周易》用了「乾」字，應該都是「健」的假借字。

這個說法，孔穎達《周易正義》已啟其端：

> 「乾」者，此卦之名。謂之卦者，《易緯》云：「卦者掛也，言縣掛物象，以示於人，故謂之卦。」但二畫之體，雖象陰陽之氣，未成萬物之象，未得成卦，必三畫以象三才，寫天、地、雷、風、水、火、山、澤之象，乃謂之卦也。故系辭云「八卦成列，象在其中矣」是也。但初有三畫，雖有萬物之象，於萬物變通之理，猶有未盡，故更重之而有六畫，備萬物之形象，窮天下之能事，故六畫成卦也。此乾卦本以象天，天乃積諸陽氣而成天，故此卦六爻皆陽畫成卦也。此既象天，何不謂之天，而謂之「乾」者？天者定體之名，「乾」者體用之稱。故《說卦》云：「乾，健也」。言天之體，以健為用。聖

人作《易》本以教人，欲使人法天之用，不法天之體，故名「乾」，
不名天也。天以健為用者，運行不息，應化無窮，此天之自然之理，
故聖人當法此自然之象而施人事，亦當應物成務，云為不已，「終日
乾乾」，無時懈倦，所以因天象以教人事。於物象言之，則純陽也，
天也。於人事言之，則君也。父也。以其居尊，故在諸卦之首，為
《易》理之初。

「天」是「乾」之體，就三個或六個純陽爻組成的卦而言，「乾」代表「天」，
這是《乾卦》的體；就其表現的特質「健」而言，這是《乾卦》的用。《清華
肆》作「倝」、《馬王堆》作「鍵」、今本《周易》作「乾」都是假借，不是本
字。

本文原發表於第 30 屆中國文字學國際學術研討會，臺南：成功大學主辦，
2019 年 5 月 24～25 日。又，黃澤鈞〈清華肆〈別卦〉卦名釋義——以文義相
關為原則〉一文已刊於《漢學研究》第 39 卷第 1 期，2021 年 3 月。

從清華肆談《周易》「坤」卦卦名

提　要

　　《周易》坤卦卦名用字，由清華肆得知先秦寫作「巛」，只是一個記音字，與「坤」卦的卦義無關。漢代以後寫作「𡿦、川、巛」，取義於「順」，較能反映出「坤」卦卦德。東漢以後，卦氣說流行，又由「𡿦、川、巛」改成「坤」，一方面反映了「坤」卦卦德，一方面「坤」蘊含「土位在申」的意義也反映了當時的《易》學傾向。

　　關鍵字：筮法，別卦，坤，川，巛，卦氣

一、卦名用字及含義

　　《周易》卦名用字及其含義，歷代學者多有探討，但總難以全部釐清，李鏡池說：「《周易》六十四卦卦名的含義，前儒雖有許多解釋，始終沒有把它弄清楚。在《易》學裡有不少問題，直至現在還無法解答，卦名的含義，也是其中一種。」〔註1〕李學勤先生〔註2〕在《周易經傳探源》中說：「由於帛書《周易》乃是我們現在所能看到的最早的原件《周易》本子，發現之後自然會有學者想到從帛書去找卦名的本字。如果確能如此，對《易》學的研究必有很大益處。」文中對帛書《周易》的「履」作「禮」、「革」作「勒」、「艮」作

〔註1〕李鏡池《周易探源‧周易卦名考釋》（北京：中華書局，1978 年），頁 229。
〔註2〕本文為紀念李學勤先生而作，特稱先生；其餘作者依學術慣例，一律不加先生。

「根」、「震」作「辰」進行了深入的探討。〔註3〕對易學卦名的研究揭示了一個正確的方向。

清華肆《筮法》、《別卦》出版後，帶給我們不少對《周易》的再認識。〔註4〕卦名用字及其含義便是其中的一部分。學者對《清華肆》卦名何者為本字做過研究的，如：蔡飛舟〈清華簡《別卦》解詁〉指出個別卦名兼有音近及義近關係；〔註5〕程浩〈清華簡《別卦》卦名補釋〉指出〈姤〉卦作「緐」、〈豫〉卦作「介」、〈升〉卦作「揑」、〈噬嗑〉卦作「燮」皆應存在義訓關係，非單純音近通假（《簡帛研究2014》）；〔註6〕黃澤鈞〈清華肆〈別卦〉卦名釋義——以文義相關為原則〉指出〈遯〉卦作「敓」、〈蠱〉卦作「故」、〈大壯〉卦作「大藏」、〈旅〉卦作「遬」亦有文義關聯，而非只是音近通假。〔註7〕拙作〈《清華肆·別卦》「泰卦」「渙卦」卦名研究〉指出〈泰〉卦《清華簡·別卦》作「鄦」，二者都是「徹」的假借；〈渙〉卦《清華簡·別卦》作「悉」，應該是比較合乎卦象的卦名，後來語音變化，這個卦名漸漸讀得接近「爰」，因此《上博三·周易》加「爰」聲。其後語音更接近「渙／奐」，於是馬王堆《周易》卦名就寫成「渙／奐」，今本《周易》則作「渙」；〔註8〕又《清華肆《筮法》《別卦》卦名考：倝（乾）》指出「乾」代表「天」，這是《乾卦》的體；就其表現的特質「健」而言，這是《乾卦》的用。《清華肆》作「倝」、《馬王堆》作「鍵」、今本《周易》作「乾」都是「健」的假借，不是本字。〔註9〕承續「乾」卦，本文想接著從清華肆探討《周易》「坤」卦的卦名用字及其含義。以下先檢討學者對漢代石刻及出土材料中「坤」卦卦名用字及其含義的探討。

〔註3〕李學勤《周易經傳溯源》（長春：長春出版社，1992年8月），頁215～217。

〔註4〕李學勤主編《清華大學藏戰國竹簡（肆）》，上海：上海世紀出版社，2013年12月。

〔註5〕蔡飛舟：〈清華簡《別卦》解詁〉，《周易研究》2016年第1期（總第135期，2016年1月），頁13～22。

〔註6〕程浩：〈清華簡《別卦》卦名補釋〉，《簡帛研究2014》（桂林：廣西師範大學出版社，2014年12月），頁1～4。

〔註7〕黃澤鈞〈清華肆〈別卦〉卦名釋義——以文義相關為原則〉，《漢學研究》第39卷第1期，2021年3月。

〔註8〕季旭昇〈《清華肆·別卦》「泰卦」「渙卦」卦名研究〉，紀念清華簡入藏暨清華大學出土文獻研究與保護中心成立十周年國際學術研討會，清華大學出土文獻研究與保護中心，2018年11月17～19日

〔註9〕季旭昇《清華肆《筮法》《別卦》卦名考：倝（乾）》，第三十屆中國文字學國際學術研討會，台南·成功大學，2019年5月24日～25日。

二、漢代「坤」卦卦名用字及其含義

　　據屬於漢代未經傳抄翻刻之誤的石刻材料及出土材料，「坤」卦幾乎都作「巛、川、⼳」。〔註10〕今所見十三經注疏本《周易》「坤」卦之字都作「坤」，但《周易正義》書末附《經典釋文卷第一‧周易音義》說：「坤，本又作巛。巛，今字也。同。困魂反，《說卦》云：『順也。』八純卦，象地。」〔註11〕馬王堆帛書問世後，其中有《周易》，「坤」卦的「坤」都作「⼳」。廖名春《坤卦卦名探原_兼論八卦卦氣說產生的時代》指出：馬王堆帛書《周易》「坤」作「川」，熹平石經《周易》「坤」作「⼳」；洪适《隸釋》所收漢魏碑碣「坤」都作「⼳、川、巛」，洪适以為「川」是「坤」的本字；王引之《經義述聞》則以「坤」為本字，作「巛」者乃是借用「川」字。在蔡邕等主流學者眼中，「巛」與「川」不同字。「巛」有「順」義，因此坤卦本為巛卦，「巛」就是「順」。「坤」字戰國時代已出現，但卦名作「坤」最早見阜陽《周易》，與馬王堆《周易》作「川」大約同時。〔註12〕

　　廖文以為「坤」寫作「⼳、川、巛」是義理派的本子，阜陽《周易》寫作「坤」是卜筮易家的習慣。「坤」字的創造，疑出自春秋戰國時的卜筮易家，八卦卦氣說主張「土位在申」，因此「坤」字應從土從申會意。釋為「申」聲者，非。因為「申」與「坤」字主要元音不同，「申」不能當「坤」的聲符。〔註13〕案：廖文以為「坤」卦卦名來自卦氣說「土位在申」應該是對的。

　　梁韋弦以為：乾、坤、震、艮、離、坎、兌、巽八卦之取名所由當是統一的。坤卦以外諸卦皆指象為名，則坤卦亦當如此，而不當獨以其德性為名。《說卦傳》曰：「雷以動之，風以散之，雨以潤之，日以烜之，艮以止之，兌以說之，乾以君之，坤以藏之。」顯然，這個「坤以藏之」的「坤」，無論怎麼寫，其義只能是「地以藏之」，而不是「順以藏之」。梁文又據《說卦傳》「乾為天」、

〔註10〕石刻材料主要參考「日本京都大學人文科學研究所所藏石刻拓本資料網站」，網址：http://kanji.zinbun.kyoto-u.ac.jp/db-machine/imgsrv/takuhon/。出土材料指馬王堆帛書《周易》及阜陽漢簡《周易》。漢代石刻材料中唯一寫作「坤」的是東漢延光二年（西元123年）的《開母廟石闕銘》，見本節末的討論。

〔註11〕《周易正義》（臺北：藝文印書館，1954年），頁194。

〔註12〕廖名春《坤卦卦名探原_兼論八卦卦氣說產生的時代》，《東南學術》，2000年第1期。

〔註13〕廖名春《坤卦卦名探原_兼論八卦卦氣說產生的時代》，《東南學術》，2000年第1期。

「坤為地」、「乾健也」、「坤順也」的說法，與乾、天、健相對而言當稱坤、地、順，而不能是順、地、順。可見，坤卦之名不管如何寫，無疑當是取地義為名，而不是取順義為名。就帛書而言，乾坤於帛書寫作「鍵川」，如果我們不因乾卦之乾被寫成「鍵」，而稱乾卦為「健卦」，為何就要因為坤卦之坤被寫作「川」（所謂《《》）而稱之為「《《（順）卦」？可見，無論帛書、石經、傳本經傳把坤成「川」、「《《」或「巛」，它們都只能叫坤卦，只能是取名於地之象義。又《禮記・禮運》記有孔子語，稱殷易為「乾坤」。《說卦傳》曰：「帝出乎震，齊乎巽，相見乎離，致役乎坤，說乎兌，成言乎艮。」這段文字，古今學者或以為所易之義，或以為乃《連山》之遺說。下面一段解說的文字曰：「坤者，地也，萬物皆致養焉，故曰致役乎坤。」將《禮運》的說法與《說卦傳》的說法結合起來，可知至少殷時坤卦之名取義為地當無問題。要之，帛書中「鍵川」之「川」做為卦名還是應叫「坤卦」，其命名的基本取義是象地。〔註14〕

梁文又以為：據篆書字形，「順」字偏旁之「川」亦作「巛」，與河川之川並無分別。段曰：「從頁從《《，人自頂以至於踵，順之至也。川之流，順之至也。故字從頁從川會意，而取川聲。小徐作川聲，則舉形聲包會意。訓、馴字皆曰川聲也。」據此看來，「川」字不僅在篆書中與「《《」字形相同，意義也相同。《說文》說順字「從頁從《《」，《廣雅》說「《《，順也」，這個「《《」，實際就是「川」。徐鍇將「《《」與「川」視作一字，並無問題。被用於書寫「坤」卦之名的《《、川，本即一字的不同寫法，川字被用來書寫卦名「坤」當屬假借。〔註15〕

坤是否從申聲？梁書以為：「申」能夠作「坤」的聲旁，首先可以考慮兩種參證。一是含申旁之字如伸、呻、神、紳等顯然皆由申得聲，坤之讀音既與這些字相近，而獨謂坤字非由申得音，這是講不通的。二是《說文・土部》所收自地、坤以下合體字如垓、壞、塌、坶、坡、坪等，皆曰從土某聲，即義符「土」之外的偏旁為聲符，故坤字顯然亦當為「從土申聲」字。……正說明《廣韻》之真、魂兩部或段氏《六書音韻表》之第十二部（含真）、第十三部（含文）中的申旁字皆以申得音，故可互通。……許慎於《說文》中說：「坤，地也。易之卦也。從土申，土在申位也。」……細玩許氏此語，倘坤字乃專為易

〔註14〕梁韋弦《易學考論》（哈爾濱：黑龍江人民出版社，2005年5月），頁34～35。
〔註15〕梁韋弦《易學考論》，頁36～37。

之坤卦「土在申位」之義造的字，則直言「易之卦也，从土申，土在申位」可矣，為何又說「地也」？這說明「地也」乃是坤字的本義。〔註16〕案：梁說以為「坤」本義為《說文》的「地也」，合理；但不妨礙漢代易學家取以代稱「巛（川𢙑）」卦。把卦名推到殷代，目前似乎看不到證據。

　　鄭吉雄以為「坤」所從「申」甲骨文為閃電之形，「坤」為純陰之卦，而「陰」字本作「霒」，為「雲覆日」之意，恰好是閃電現象的必要基礎，「坤」卦之取名，包含著陰雨、閃電、雨電施降於大地等一連串涵義。《帛易》「坤」作「川」，義即大水。王引之《經義述聞》認為古書「坤」作「巛」、「𢙑」或「川」，祇是假借「順」字，與「坤」字同意。但考慮「坤」有閃電之義，「陰」有「雲覆日」之義，那麼雷和雨自然可以作為「坤」與「川」之間的關鍵性觀念。積雲、閃電、下雨、流潦縱橫，而成大川，常常是一連串發生之事，也是影響先民生活與生命的大事，彼此之間本來就有著密切的關係。〔註17〕

　　郭靜云以為如果馬王堆《周易》的「鍵」（健）、「川」（順）二字都能完全表達☰、☷卦的旨意，又何需改稱「乾」和「坤」？「健」與「乾」、「順」與「坤」，都有語音上的關係，「乾」、「坤」不是無意義的假借字，必定具有深入的象徵意義。因而主張「天乾」即「天燥」；而「坤」與「𡓗」有異體關係，「𡓗」字本意指雷澤隰地，所以「坤」字原本也是神聖隰地的意思。〔註18〕

　　劉彬也以為今本《周易》「坤」卦名本不作「坤」，應作「順」。「坤」作為卦名，出現於西漢中期，到唐代中期才取代「順」。漢魏石刻史料中相當於今本《周易》「坤」卦的卦名，其三種寫法──「川」、「𢙑」、「巛」，實質上都是「巛」字。清儒俞樾以為「巛」當讀為「順」。王家台秦簡《歸藏》坤卦作「𧰧」，上部應為橫置的「巛」，下部則為「頁」，因此這個字也是「順」。〔註19〕案：劉說從孟喜易學推測，以為「坤」作為卦名，出現於西漢中期，這可能是對的。

　　以上學者的討論，都努力要探求周易卦名的取義，他們主要都是從兩漢材

〔註16〕梁韋弦《易學考論》，頁37～38。

〔註17〕鄭吉雄〈從《太一生水》試論《乾・象》所記兩種宇宙論〉，《簡帛》第二輯，上海：上海古籍出版社，2007年，頁142～143。

〔註18〕郭靜云〈從商周古文字思考「乾」、「坤」：卦名構字──兼釋「申（从田）」〉，武漢大學簡帛研究中心「簡帛網」，2011年12月19日首發。網址：http://www.bsm.org.cn/show_article.php?id=1592。

〔註19〕劉彬〈帛書《周易》「川」卦名當釋「順」字詳考〉，（《周易研究》2013年第4期〔總第一二〇期〕），頁18～25。

料談起。在這些兩漢材料中，最可信的是石碑，幾乎所有「乾坤」的「坤」都寫作「⺕、川、巛」；馬王堆《周易》問世，其中「乾坤」的「坤」也寫作「⺕、川、巛」，因此重視出土材料的學者大都主張西漢中期不以「坤」字來稱坤卦（劉彬除外）。各家的不同主要是「⺕、川、巛」是否同字，以及「⺕、川、巛」是否坤卦的本字本義。

關於第一個問題，從文字學的角度來看，「巛（⺕）」和「川」實為同字，大徐本《說文解字》：「巛，貫穿通流水也。《虞書》曰：『濬〈巛距川，言深〈巛之水會為川也。』」段注本改作：「巛，貫穿通流水也。《虞書》曰：『濬〈巛距巛，言深〈巛之水會為川也。』」《說文繫傳》作：「巛，貫穿通流水也。《虞書》曰：『濬〈巛距巛，言深〈巛之水會為巛也。』」〔註20〕同一字，三家或用「川」、或用「巛」，可見「川」和「巛（⺕）」的不同，不過是隸定時筆勢的不同而已，二者實為同字，不過「巛」保留篆體筆勢較彎，「川」已屬隸體筆勢較直，「⺕」則介於二者之間，豎筆已隸化，但末筆又保留篆體的右彎筆勢。

「順」字从「川」或「巛（⺕）」，《說文》各本寫得筆勢稍有不同，其實也都是同一個字：

陳刻大徐本《說文》：順，理也。从頁从巛。

孫刻大徐本《說文》：順，理也。从頁从巛。

日藏大徐本《說文》：順，理也。从頁从⺕。

汲古閣大徐本《說文》：順，理也。从頁从⺽。

《說文繫傳》：理也。从頁川聲。

段注本《說文》：順，理也。从頁川。段注：「理者、治玉也。玉得其治之方謂之理。凡物得其治之方皆謂之理。理之而後天理見焉。條理形焉。非謂空中有理。非謂性卽理也。順者、理也。順之所以理之。未有不順民情而能理者。凡訓詁家曰『從、順也』，曰『愻、順也』，曰『馴、順也』，此六書之轉注。曰『訓、順也』，此六書之假借。凡『順』、『慎』互用者、字之譌。人自頂以至於踵、順之至也。川之流、順之至也。故字从頁川會意。而取川聲。小徐作川聲。則舉形聲包會意。訓馴字皆曰川聲也。食閏切。十三部。」〔註21〕

〔註20〕以上說文資料俱參「國學大師網」。
〔註21〕以上說文資料俱參「國學大師網」。

各本「順」與「川」的字形如下：

陳刻本：順；川　　孫刻本：順；川

日藏本：順；川　　汲古閣：順；川

說文繫傳：順川　　段注本：順；川

「順」旁所从是同一個字，但是各家所書「順」字左旁或作「川」或作「巛」，可見「川」與「巛」實為一字。「川／巛」與「順」的聲音相近，「川／巛」，昌緣切；「順」，食閏切，二字上古韻部同屬文（諄）部，「巛」字聲紐中古屬「昌（穿）」，上古歸舌頭；「順」字聲紐中古屬「船（神）」，上古也歸舌頭。二字上古音極近，所以小徐《繫傳》以為「順」从「川」聲，沒有問題，「川」也兼意，川流順暢，因此漢人以「川、巛、𡿨」來記「坤」卦，應該是取義於「順」。

馬王堆《周易》「坤卦」也寫成；〔註22〕與漢代石刻、典籍資料同。阜陽漢簡《周易》「乾」、「坤」兩卦卦名均缺，故不知其「坤」卦字如何寫。〔註23〕就目前的資料來看，漢代《周易》「坤」卦都寫作「𡿨、川、巛」，它的讀音與「順」極為接近，因此通讀為「順」也是合情合理的。

漢代《周易》「坤」卦寫的「𡿨、川、巛」，是否「坤」卦的本字，要看先秦可靠的出土材料才能論定。至於「𡿨、川、巛」的取義，大部分學者都同意是取義於「順」。認為取象於地的，從字形上較難解釋。

兩漢石刻的「坤」字其實並非全部寫成「𡿨、川、巛」，也出現寫成「坤」的。目前看到最早把「乾坤」的「坤」字寫成「坤」的，是東漢安帝延光二年（西元123年）的《開母廟石闕銘》「比性乾坤」，字作「」（《六體書法大字典》頁418）；其次是三國吳孫皓天璽元年（西元276年）吳禪國山碑的「對揚乾命，廣報坤德」，字作「」。〔註24〕此後「坤」字就日益流行，漸漸取代了「𡿨、川、巛」。

〔註22〕湖南省博物館、復旦大學出土文獻與古文字研究中心編纂；裘錫圭主編《馬王堆帛書集成（一）·周易經傳》（北京：中華書局，2014年6月）45上，頁8。

〔註23〕韓自強《阜陽漢簡《周易》研究（附《儒家者言》章題、《春秋事語》章題及相關竹簡）》（上海：世紀出版集團、上海古籍出版社），頁46～47，101。

〔註24〕均見田其湜《六體書法大字典》（長沙：湖南人民出版社，2004年7月），頁418。

三、周秦「坤」卦卦名用字及其含義

　　出土的周秦《周易》材料不多。西晉武帝時不準盜戰國魏王墓，得竹書數十車，中有「《易經》二篇，與《周易》上下經同」，又有「《易繇陰陽卦》二篇，與《周易》略同，繇辭則異。《卦下・易經》一篇，似《說卦》而異」。〔註25〕惜卦名不傳，不知道寫的是什麼字形。

　　1993 年出土的王家臺秦簡《歸藏》有「坤」卦，作「」，劉彬以為上部應為橫置的「巛」，下部則為「頁」，因此這個字也是「順」。〔註26〕不過，在沒有看到較清楚的字形之前，我們對此說法暫時保留，「川」形在沒有特殊條件下橫寫，這個理由較為牽強。

　　上博三〔註27〕問世，其中也有《周易》，但可惜的是上博《周易》只殘存了 34 個卦，「坤」卦並不在其中，所以我們也無法得知上博三《周易》的「坤」卦是怎麼寫的。

　　幸運的是清華肆《筮法》中出現了 7 個「坤」字，都寫作「」。原考釋李學勤先生隸為「臾」，並謂「臾，即『坤』字，見《碧落碑》、《汗簡》等，也是輯本《歸藏》的特徵。」〔註28〕武漢網帳號「暮四郎」謂其字上部中間从「」，當即「云」之省體，由「圓」作「」（望山 2 號墓 48 號簡，內從「云」）又作「」（上博二《容成氏》簡 7）可證。另外可聯繫楚簡的「云」（）、「昆」（）。「坤」、「圓」、「云」、「昆」均文部字。故清華簡之「坤」當從「云」聲或「云」省聲。〔註29〕「苦行僧」則以為將此用為「坤」之字理解為從「臼」，「天」聲，似更直接一些。〔註30〕「奈我何」以為上部可以看作

〔註25〕見《晉書・束晳傳》。這兒「卦下・易經」，中間斷開，是根據李學勤《周易經傳溯源》頁 184 的讀法。

〔註26〕劉彬〈帛書《周易》「川」卦名當釋「順」字詳考〉，（《周易研究》2013 年第 4 期〔總第一二〇期〕），頁 18～25。

〔註27〕馬承源主編《上海博物館藏戰國楚竹書（三）》，上海：上海古籍出版社，2003 年 12 月。

〔註28〕見《清華大學藏戰國竹簡（肆）》，頁 109。旭昇案：照我們對清華肆卦名的研究，與《周易》卦名絕大多數都是一樣的，即使寫的字不同，也多是一音之轉。參《清華肆讀本》。

〔註29〕武漢網帳號「暮四郎」（黃杰）：〈初讀清華簡（四）筆記〉，第 1 樓，武漢大學簡帛研究中心網站簡帛論壇，2014 年 1 月 8 日。http://www.bsm.org.cn/bbs/read.php?tid=3155。

〔註30〕武漢網帳號「苦行僧」（劉雲）：〈初讀清華簡（四）筆記〉，第 2 樓，武漢大學簡帛研究中心網站簡帛論壇，2014 年 1 月 8 日。http://www.bsm.org.cn/bbs/read.php?tid=3155。

是借用「昆」字作聲符,「昆」、「坤」二字古音皆屬見組文部,古音極近。又謂:仿照李學勤先生的字形分析思路,此字可分析爲從大、昆聲之字。〔註31〕

　　程燕〈說清華簡「坤」〉從「昆」字字形詳細分析了此字字形,以爲此字應該分析爲從「大」,「昆」聲。「昆」從「臼」,「云」聲。至於「坤」字形體爲何從「大」,可以從以下說法中得到啟發。《老子》:「故道大、天大、地大、王亦大。」《說文》:「天大、地大、人亦大,故大象人形。」《易・說卦》:「坤也者,地也。」《說文》:「坤,地也。《易》之卦也。從土從申。土位在申。」《左傳・莊公二十二年》:「坤,土也。」所以,簡文「坤」字形體從「大」是具有表意作用的。因「坤」是地,地大,所以從「大」。〔註32〕

　　綜合以上幾位學者的看法,「𡘳」字可分析爲從大、昆省聲,爲了精確表現出此字的結構,我們把這個字隸定爲「𡘳」。這個字爲什麼可以代表坤卦,程燕提出了「道大、天大、地大、王亦大」,坤是地,所以從「大」。這個理由當然可以再討論。

　　「𡘳」在《筮法》中指由三爻組成的經卦,而不是指由六爻組成的別卦。那麼以由三爻組成的經卦「𡘳」來討論由六爻組成的別卦「坤」是否恰當呢?從清華肆《別卦》所出現的49個卦名絕大多數都和今本《周易》相同或音近,《筮法》中的「軷」也和傳本《周易》音近,因此我們可以推測經卦「𡘳」和別卦「坤」應該同音或音近,代表的同一個卦名。但此字本義爲何?代表「坤」卦是何所取義?恐怕都要再研究。

四、「坤」卦卦名用字及其含義

　　《易經》卦名是怎麼來的?高亨以爲卦名是後人所追題,疑「筮辭在先,卦名在後」。據先秦文本多無篇名,篇名往往是後加的來看,其說有理。〔註33〕從現有的出土及石刻材料來看,「坤」卦的寫法,先秦清華肆《筮法》中寫作「𡘳」,不作「坤」;漢代主要寫作「巛(川、𡿨)」,也不作「坤」。東漢開始有作「坤」

〔註31〕武漢網帳號「奈我何」:〈初讀清華簡(四)筆記〉,第3樓,武漢大學簡帛研究中心網站簡帛論壇,2014年1月8日。http://www.bsm.org.cn/bbs/read.php?tid=3155。

〔註32〕程燕:〈說清華簡「坤」〉,復旦大學出土文獻與古文字研究中心網站,2014年1月9日。http://www.gwz.fudan.edu.cn/SrcShow.asp?Src_ID=2211。

〔註33〕高亨《周易古經今注》,《高亨著作集林・第一卷》(北京:清華大學出版社,2004年12月),頁48。

的寫法，唐以後這個寫法成為主流。由此我們可以推測，最早的卦名可能是有音無字，不同時代的卦名用字不同，取義也未必完全相同。那麼，《周易》的卦名應該如何取義呢？

李鏡池《周易探源・周易卦名考》分析易傳對卦名的解釋，大致從三個方向，一是卦象，二是卦德，三是卦位。三者之中，卦象、卦德都比較容易掌握，卦位說則較不是那麼具體。〔註34〕我們分析《周易・坤卦》經傳，認為其中說的主要是卦象與卦德。

《周易・坤卦》的經傳原文如下：

經：坤：元亨，利牝馬之貞。君子有攸往，先迷後得主，利西南得朋，東北喪朋。安貞，吉。

彖傳：至哉坤元，萬物資生，乃順承天。坤厚載物，德合无疆。含弘光大，品物咸亨。牝馬地類，行地无疆，柔順利貞。君子攸行，先迷失道，後順得常。西南得朋，乃與類行；東北喪朋，乃終有慶。安貞之吉，應地无疆。

象傳：地勢坤，君子以厚德載物。

初六：履霜，堅冰至。

象傳：履霜堅冰，陰始凝也。馴致其道，至堅冰也。

六二：直，方，大，不習无不利。

象傳：六二之動，直以方也。不習无不利，地道光也。

六三：含章可貞。或從王事，无成有終。

象傳：含章可貞；以時發也。或從王事，知光大也。

六四：括囊；无咎，无譽。

象傳：括囊无咎，慎不害也。

六五：黃裳，元吉。

象傳：黃裳元吉，文在中也。

上六：龍戰于野，其血玄黃。

象傳：戰龍於野，其道窮也。

用六：利永貞。

象傳：用六永貞，以大終也。

〔註34〕李鏡池《周易探源》，頁229～241。卦位說主要見於頁241～243。

文言曰：《坤》至柔而動也剛，至靜而德方，後得主而有常，含萬物而化光。坤道其順乎，承天而時行。積善之家，必有餘慶；積不善之家，必有餘殃。臣弒其君，子弒其父，非一朝一夕之故，其所由來者漸矣，由辯之不早辯也。《易》曰「履霜、堅冰至」，蓋言順也。「直」其正也，「方」其義也。君子敬以直內，義以方外，敬義立而德不孤。「直、方、大、不習无不利」，則不疑其所行也。陰雖有美「含」之以從王事，弗敢成也。地道也，妻道也，臣道也。地道「无成」而代「有終」也。天地變化，草木蕃。天地閉，賢人隱。《易》曰「括囊、无咎无譽」，蓋言謹也。君子「黃」中通理，正位居體，美在其中而暢於四支，發於事業，美之至也。陰疑於陽必「戰」，為其嫌於无陽也，故稱「龍」焉。猶未離其類也，故稱「血」焉。夫「玄黃」者、天地之雜也。天玄而地黃。

從上引《周易》經傳，可以括取出的卦象是「地、牝馬、霜、堅冰、括囊、黃裳、龍、血」，卦德是「厚、柔順、馴、直、方、大、慎」。最不可解的是《象傳》「地勢坤」這一句。《說文》：「坤，地也。」依此解，「地勢坤」就是「地勢地」，相對於乾卦的「天行健」、坎卦的「水洊至」，「地勢坤」說了等於沒說。李鏡池很敏銳地看出了這一點：

> 《象傳》的卦象說與卦德說多半是分開的，但也有兼言卦象與卦德的。例如《乾》、《坤》兩卦，是卦象與卦德連言，而《乾》、《坤》六子（即《坎》、《離》等六卦）則只言卦象。「天行健」，天是卦象，而健則卦德。「自強不息」，是從「健」德引伸出來的。「地勢坤」，地（土）是卦象，坤是卦德。這坤字不是《坤卦》之名，坤借為順。王弼注：「地形不順其勢順。」說的不錯。陸德明《釋文》：「坤本又作巛。」毛居正《六經正誤》說：「巛，古坤字。」俞樾《群經平議》：「巛即川字，非坤字也。疑巛當讀為順。《說卦》：『坤，順也。』此作巛者，乃順之假借字。」《玉篇·川部》下注：「讀為川，古為坤字。」《象傳》「地勢坤」，古本當作「地勢巛」。漢人改用今字，故作坤。本來是說「地勢順」。順是《坤卦》卦德。〔註35〕

以上這些卦象與卦德，彼此之間都是息息相關的，推本而言，應該都是從

〔註35〕李鏡池《周易探源》（北京：中華書局，1978 年），頁 232～233。

「地」引申出來的。這些卦象與卦德之中，與「巺」、「巛」讀音相近的應該是「順」，因大部分學者解釋「巺」、「巛」卦卦名的意義，都會朝著「順」義去理解，這應該是合理的。其他卦象或卦德的讀音和「巺」、「巛」相去較遠，因此不太可能取義於此。「巺」字的構字本義目前無法確知，但此字從大，應與大有關，戰國時期的「大」或表名詞「人」、或表形容詞「大」，都與「坤」卦的卦象卦德相去較遠，大概沒有一位易學家會同意「坤」的主要卦德是「大」。因此清華肆坤卦卦名用「巺」字，只能看成是「昆」聲的假借。昆，古混切，上古音在見紐文部；坤，苦昆切，上古音在溪紐文部，二字聲近韻同，清華肆的「巺」從「昆」聲，用來記錄「坤」卦，完全沒有問題。此字只應看成假借，與「坤」卦沒有意義上的關聯。

漢代簡帛及碑刻中作「⿰、川、巛」，應該是有意識地呈顯「坤」卦象地的「順」德，「川」是「順」的義兼聲符，前面已有討論，相較於「巺」字只是假借記音，漢代改用「⿰、川、巛」應該是一種進步。

東漢安帝延光二年（西元123年）的《開母廟石闕銘》開始出現「坤」這種寫法，其後日益流行，最後終於成為「坤」卦的通用寫法。《開母廟石闕銘》的時代與許慎（約58～約147）同時，許慎在《說文》中說：「坤，地也。《易》之卦也。從土，從申。土位在申。」很明顯，「坤」字的本義應該是「地」，但是當時「坤」字也是《易經‧坤卦》用字。從這些證據，我們可以推論，「乾坤」字用「坤」，至少在東漢安帝時已經開始了。甚至於可以說，一種文化現象被記錄下來，其產生時代應該更早。「土位在申」是象數易學「卦氣說」的內容，一般以為「卦氣說」是從西漢孟喜（約西元前90～前40年）發展起來的，據《漢書‧儒林傳》，孟喜說他的學說是老師獨傳的，「喜好自稱譽，得易家候陰陽災變書，詐言師田生且死時枕喜膝，獨傳喜」，同門梁丘賀揭穿他的謊言，說老師田生死時，孟喜在東海，田生怎麼可能「枕喜膝，獨傳喜」？不過，卦氣說應該不會是孟喜一人獨創的，清華肆《筮法》很多卦明顯地是以卦位來斷吉凶的；另外，清華肆雖然還沒有明確的「土位在申」，但有《天干與卦》、《地支與卦》、《地支與爻》，由此發展出「卦氣說」應該是不意外的。前引李鏡池《周易探源》以為卦位說是漢儒講「卦變」、「互體」、「爻辰」、「卦氣」，宋儒講《先天圖》《後天圖》等「圖書學」的根源，〔註36〕應屬可信。

〔註36〕李鏡池《周易探源》，頁243。

　　因此，「坤」卦字在西漢時由「川、巛、𡿦」改寫成「坤」，一方面是「坤」與「川、巛、𡿦」聲音有關，一方面應該也與「卦氣說」的發展脫離不了關係。許慎《說文解字敘》說「易偁孟氏」，《說文》「坤」字釋義下收了「坤」的第二個義項「《易》之卦也。从土从申。土位在申」，說明「土位在申」為「坤」的義項之一，已是當時普徧接受的一種看法，「坤」卦卦名所以由「巛」改為「坤」，這是以卦氣命名，「坤」的音讀和「𡿦、川、巛」、「巺」相近，但取義已完全不同，這和漢代的《易》學風氣肯定有關係。

　　以上本文從清華肆探討了《易經》「坤」卦命名取義的歷史，闡明「坤」卦卦名的書寫用字有其時代的不同，與時代背景密切相關。這是新出土材料清華簡給我們的助益，對《易》學史的研究有一定的意義。

李學勤先生學術成就與學術思想國際研討會暨《李學勤文集》新書發佈儀式，清華大學出土文獻與保護中心，江西教育出版社，2019 年 12 月 7～8 日。

《清華肆‧別卦》
「泰卦」「渙卦」卦名研究

　　《清華大學藏戰國竹簡（肆）》中有一篇〈別卦〉，原考釋者趙平安先生在篇首做了簡要的說明：

　　　　本篇現存七支簡。從內容推斷，原來應為八支，第三支缺失。
　　　　每簡長十六釐米，寬一‧一釐米，右側有兩處契口，原來應有兩道
　　　　編繩。

　　　　本篇內容為卦象和卦名。每簡頂頭書寫，自上而下，依次是卦象、
　　　　卦名。每支簡上卦象相同，卦名占一個字的位置（兩字以上用合文表
　　　　示），排列齊整。每簡書七個卦名，加上簡首卦象隱含的卦名，共八
　　　　個，通篇恰為六十四卦。其排列順序與馬王堆帛書《周易》一致，
　　　　應是出於同一系統。根據易學界的習慣，暫名之為《別卦》。

　　　　本篇卦象為經卦，卦名為別卦。每簡上的卦象都是此卦所包含
　　　　的上卦。在某種程度上，此篇可以看作經卦衍生譜。

　　　　《別卦》對於《周易》卦象、卦名、卦序以及經卦的衍生研究都
　　　　有一定的參考價值。〔註1〕

　　《周禮‧春官‧宗伯‧太卜》「掌三易之灋，一曰連山，二曰歸藏，三曰周

〔註1〕清華大學出土文獻與保護中心編、李學勤主編：《清華大學藏戰國竹簡（肆）》（上
　　　海：中西書局，2013 年 12 月），頁 128。

易。其經卦皆八，其別皆六十有四。」〔註2〕因此易學界都習慣稱三爻卦為「經卦」，六爻卦為「別卦」。《清華肆》把本篇名為〈別卦〉，應該也是根據《周禮》。

〈別卦〉的卦名出來後，和王家臺秦簡歸藏〔註3〕、馬國翰輯《歸藏》〔註4〕、上博《周易》〔註5〕、阜陽《周易》〔註6〕、馬王堆《周易》〔註7〕、熹平石經《周易》〔註8〕、今本《周易》〔註9〕的卦名對比，有不少異名。這些異名，究竟何者較合乎《易》的本義，在《易》學研究上應該是一個非常重要的問題。

李學勤先生以為《清華肆·別卦》的卦名與《歸藏》有密切關係，他在〈《歸藏》與清華簡《筮法》、《別卦》〉一文中舉了「介」、「林禍」、「規」三卦為例，進行了說明〔註10〕。其後暮四郎〔註11〕、无斁〔註12〕、紫竹道人〔註13〕、

〔註2〕《周易正義》（臺北：藝文印書館，1955年），頁370。

〔註3〕參王明欽：〈王家臺秦簡概述〉，收錄於艾蘭、邢文編：《新出簡帛研究》（北京：文物出版社，2004年12月）。

〔註4〕〔清〕馬國翰輯：《歸藏》，收錄於《玉函山房輯佚書》（濟南：山東大學出版社，2006年12月，景印山東圖書館藏清道光咸豐間歷城馬氏刻同治10年濟南皇華館書局補刻本），卷1，葉1-23。

〔註5〕馬承源主編：《上海博物館藏戰國楚竹書（三）》（上海：上海古籍出版社，2003年12月），頁11～70，131～260。季旭昇主編，陳惠玲、連德榮、李綉玲合撰：《〈上海博藏戰國楚竹書（三）〉讀本》（臺北：萬卷樓圖書公司，2005年10月），頁1～174。

〔註6〕韓自強編著：《阜陽漢簡〈周易〉研究：附〈儒家者言〉、〈春秋事語〉》，上海：上海古籍出版社，2004年7月。

〔註7〕湖南省博物館、復旦大學出土文獻與古文字研究中心編纂，裘錫圭主編：《長沙馬王堆漢墓帛書集成》（北京：中華書局，2014年6月），冊3，頁3～162。

〔註8〕屈萬里：《漢石經周易殘字集證》（臺北：聯經出版事業公司，1984年7月），卷2，葉1-49。濮茅左：《楚竹書《周易》研究——兼述先秦兩漢出土與傳世易學文獻資料》（上海：上海古籍出版社，2006年11月），頁636～683。

〔註9〕〔魏〕王弼、〔東晉〕韓康伯注，〔唐〕孔穎達疏：《周易注疏》，臺北：藝文印書館，1965年，景印嘉慶20年江西南昌府學阮元《重栞宋本十三經注疏》本。

〔註10〕李學勤：〈《歸藏》與清華簡《筮法》、《別卦》〉，《吉林大學社會科學學報》，頁5～7。

〔註11〕武漢網帳號「暮四郎」（黃傑）：〈初讀清華簡（四）筆記〉，武漢大學簡帛研究中心「簡帛」網站·簡帛論壇·簡帛研讀（http://www.bsm.org.cn/bbs/read.php?tid=3155）

〔註12〕武漢網帳號「无斁」（張新俊）發言見：武漢網帳號「暮四郎」（黃傑）：〈初讀清華簡（四）筆記〉，武漢大學簡帛研究中心「簡帛」網站·簡帛論壇·簡帛研讀（http://www.bsm.org.cn/bbs/read.php?tid=3155），34樓發言，2014年1月10日。

〔註13〕武漢網帳號「紫竹道人」（鄔可晶）發言見：武漢網帳號「暮四郎」（黃傑）：〈初讀清華簡（四）筆記〉，武漢大學簡帛研究中心「簡帛」網站·簡帛論壇·簡帛研讀（http://www.bsm.org.cn/bbs/read.php?tid=3155），20樓發言，2014年1月9日。

有鬲散人〔註14〕、王寧〔註15〕、劉剛〔註16〕、單育辰〔註17〕、陸離〔註18〕、斯行之〔註19〕、王子揚〔註20〕、徐在國、李鵬輝〔註21〕、蔡飛舟〔註22〕、孫合肥〔註23〕等多位先生都對〈別卦〉的卦名提出了很多重要的討論。不過，在卦名與卦義的對應方面，似乎少人著墨，因此這方面應該還有很多問題值得討論。以下，本文想針對〈別卦〉的「🀆（泰卦）」、「🀆（渙卦）」的字形結構、對應卦名進行討論，並探求那一個卦名才最合《乎》易》本義。文中的基本材料是我指導的讀書會，由黃澤鈞博士生負責導讀〈別卦〉所蒐集整理的。

一、🀆

清華四〈別卦〉	王家臺	馬國翰	上博	阜陽	馬王堆	熹平石經	今本《周易》
🀆	🀆	奈	泰		奈／奈		泰

〔註14〕武漢網帳號「有鬲散人」發言見：武漢網帳號「暮四郎」（黃傑）：〈初讀清華簡（四）筆記〉，武漢大學簡帛研究中心「簡帛」網站·簡帛論壇·簡帛研讀（http://www.bsm.org.cn/bbs/read.php?tid=3155），51樓發言，2014年1月12日。

〔註15〕武漢網帳號「王寧」發言見：武漢網帳號「暮四郎」（黃傑）：〈初讀清華簡（四）筆記〉，武漢大學簡帛研究中心「簡帛」網站·簡帛論壇·簡帛研讀（http://www.bsm.org.cn/bbs/read.php?tid=3155），64樓發言，2014年1月27日。又〈釋清華簡《別卦》中的「泰」〉，「復旦大學出土文獻與古文字研究中心」網站（http://www.gwz.fudan.edu.cn/SrcShow.asp?Src_ID=2223），2014年1月27日

〔註16〕劉剛：〈讀《清華簡四》札記〉，「復旦大學出土文獻與古文字研究中心」網站（http://www.gwz.fudan.edu.cn/SrcShow.asp?Src_ID=2209），2014年1月8日

〔註17〕單育辰：〈佔畢隨錄之十七〉，「清華大學出土文獻研究與保護中心」網站（http://www.tsinghua.edu.cn/publish/cetrp/6831/2014/20140107231411251916501/20140107231411251916501_.html），2014年1月7日

〔註18〕陸離：〈清華簡《別卦》讀「解」之字試說〉，「復旦大學出土文獻與古文字研究中心」網站（http://www.gwz.fudan.edu.cn/SrcShow.asp?Src_ID=2208），2014年1月8日。

〔註19〕武漢網帳號「斯行之」發言見：武漢網帳號「暮四郎」（黃傑）：〈初讀清華簡（四）筆記〉，武漢大學簡帛研究中心「簡帛」網站·簡帛論壇·簡帛研讀（http://www.bsm.org.cn/bbs/read.php?tid=3155），50樓發言，2014年1月12日。

〔註20〕王子揚：〈關於《別卦》簡7一個卦名的一點看法〉，「復旦大學出土文獻與古文字研究中心」網站（http://www.gwz.fudan.edu.cn/SrcShow.asp?Src_ID=2212），2014年1月9日。

〔註21〕徐在國、李鵬輝〈談清華簡《別卦》中的「泰」字〉，《周易研究》，2015年5期。

〔註22〕蔡飛舟〈清華簡《別卦》解詁〉，《周易研究》，2016年1期。

〔註23〕孫合肥：〈讀清華簡札記七則〉，「『出土文獻與學術新知』學術研討會暨出土文獻青年學者論壇」會議論文（長春：吉林大學古籍研究所，2015年8月21～22日），頁114～124。

趙平安先生原考釋貼原圖做「𣦵」，讀為「泰」：

𣦵，馬國翰輯本《歸藏》、今本《周易》作「泰」。清華簡《良臣》「文王有閎夭，有泰顛」作「𣦵」。此類寫法可視為「𣦵」之繁體。關於他的構形，孟蓬生認為「非『兟』莫屬」（參看《清華簡（叁）所謂「泰」字試釋》，《出土文獻與中國古代文明國際學術研討會會議論文集》，第 111～115 頁，清華大學出土文獻與中國古代文明研究協同創新中心、清華大學出土文獻研究與保護中心，2013 年 6 月 17～18 日）。〔註 24〕

王寧先生〈釋清華簡《別卦》中的「泰」〉：

《別卦》這個用為「泰」的字，首先可以肯定它不是「泰」字或其或體，只能是個通假字。這個字形除去《良臣》的「兟」的部份為「哲」，這個字形是把「心」字兩邊的筆畫向上寫長呈環狀，裡面是個「大」形，但這個「大」也可能是「矢」字的簡省，因為空間的限制才寫成了「大」。這個「大（或矢）」和相當于《良臣》的「兟」的部份應該就是「兟」字的全字，因為「兟」字既可從矢會意，也可從「大」得聲（同月部）。除去「大（或矢）」的部份，剩下的顯然就是「心」字，所以這個字當分析為從心兟聲，隸定當作「慸」，它並非是「兟」的繁體，而應是另外一個字。

這個字傳世典籍中不見，它相當於典籍中的何字則須進一步考察。「兟」在甲骨文中象矢貫穿豕體之形，當是貫徹、透徹、洞徹之「徹」的本字，用為豕名當是假借。「兟」字《說文》注音直例切，古音是定紐月部字，與「徹」為定透旁紐雙聲、同月部疊韻，仍然音近。《漢字古音手冊》將「兟」字古音定為定紐質部字，恐未必正確。

孟蓬生先生在《清華簡（三）所謂「泰」字試釋》一文中云「『兟』字古音亦歸祭部（月部），與徹聲相通」，並舉了《國語·周語上》「乃流王于兟」清華簡二《系年》作「歸屬王於徹」和漢武帝名「兟」

〔註 24〕《清華大學藏戰國竹簡（肆）》，頁 132，注 18。

又作「徹」的例子，《良臣》中以「虒」為「泰」是音近而通假，應當是正確的。《良臣》的這種寫法，很可能是因為「虒」字的兩種用義不同而故作的區分，是洞徹義的還是從矢的寫法，用為豕名的則不從矢，而讀音不變。不過這種有所區分的寫法在後來的典籍裡并沒有流行起來。……

從《左傳》和《良臣》的這個用法來看，《別卦》中這個從心虒聲的字，很可能就是後來典籍中的「忲」字，或作「忕」、「忚」，《集韻‧去聲七‧十四泰》：「忲、忕：奢也。或作忕，通作忚。」音與「泰」同。這個字《說文》中沒有，《文選‧張平子〈西京賦〉》：「有憑虛公子者，心奓體忲」，薛綜注：「奓、忲，言公子生於貴戚，心志奓溢，體安驕泰也。泰或謂忲習之忲，言習於麗好也。」《後漢書‧南蠻西南夷列傳》：「人俗豪忲」，李賢注：「忲，奢侈也。」古籍或稱「奢泰」，如《荀子‧王霸》：「齊桓公閨門之內，縣樂、奢泰、遊抏之脩，於天下不見為脩。」《漢書‧夏侯勝傳》：「奢泰亡度，天下虛耗。」根據薛注和李注可知「忲（忕）」本是驕泰、奢泰之「泰」的後起專字，與「泰」本通用。「忲」字應該是先秦就有的，《別卦》中這個從心虒聲的字就是它的本字或異體，故亦被用為卦名之「泰」。

〔註25〕

徐在國、李鵬輝先生〈談清華簡《別卦》中的「泰」字〉：

我們認為，此字當分析為從「二」從「![字]」，先說「二」，即「宄」……其次說「![字]」，我們認為應是「遏」字。「![字]」所從「![字]」，從「西」聲、「呂」聲，乃「曷」之或體。……「![字]」是左右結構，上錄從「曷」之字是上下結構。眾所周知，古文字中的偏旁結構常常變動不居，例不備舉。也有可能是受了上部從「二」的影響，為了佈局的合理才變為左右結構的。……總之，「![字]」即「遏」字，與上博三‧周32「![字]」構形同，從「辵」，「曷」聲，「徹」字異體。

如上所述，「![字]」字當釋為「徹」，加注「宄」聲。上古音「徹」

〔註25〕王寧〈釋清華簡《別卦》中的「泰」〉，復旦網首發，網址：http://www.gwz.fudan.edu.cn/Web/Show/2223，2014 年 1 月 27 日。

屬透紐月部,「夗」屬影紐元部字,月、元對轉。「徹」在簡文中讀為「泰」。上古音「泰」亦屬透紐月部。典籍「轍」、「徹」與「達」通。《老子》二十七章:「善行者無轍跡。」馬王堆漢墓帛書《老子》乙本作:「善行者無達跡。」《國語・晉語三》:「臭達於外。」《尚書・盤庚》孔疏及《左傳・僖公十年》孔疏並引作「徹」。〔註26〕

蔡飛舟先生〈清華簡《別卦》解詁〉:

> 清華簡整理者以「」為「」之繁體,定為「歮」字。其說可從,唯構形尚不明,蓋隸定作「龘」也,疑為歮之訛字。王寧釋為從心喿聲之字,然古文「心」似未見作「𢖫」者,其說蓋非。卦名歮讀作泰。〔註27〕

以上各家所釋,主要有兩派:一派認為从心、歮聲;一派認為从夗、喿聲。從字形來看,此字較近於「歮」,但中下方似乎不从「心」,右方和「歮」字相比,也較為複雜。我們先把相關字形列在下面:

〈良臣〉:歮(泰)　　〈筮法〉彩照　　〈筮法〉字表　　本文摹字

我們認為此字屬於「歮」的部分是:「」;剩下的部分「𢖫」應該是「即」,是「歮」的疊加聲符,歮(直例切,澄紐質部)、即(子力切,精紐質部),二字聲屬舌齒鄰近,韻同為質部,因此「即」可以作為「歮」的聲符。「即」字中間筆畫較為繁富,可能是「即」字左上的繁寫;也可能如王寧先生所說,是「歮」字中下方「矢」字的省寫。全字隸定可作「𪚥」。它是一個兩聲字,也可能就是為了「泰」卦而造的一個字。至於它要表現的是什麼意義,必需透過〈泰卦〉的經傳文字去體會。

此卦今本《周易》作「泰」、〈別卦〉作「𪚥」、〈王家臺〉作「奈」,何者才是此卦的本字呢?必需從〈泰卦〉的內容去研判。

《易》的卦義,應該要建立在卦象上。卦象的解釋容或有不同的系統,《清

〔註26〕徐在國、李鵬輝〈談清華簡《別卦》中的「泰」字〉,《周易研究》,2015年5期。

〔註27〕蔡飛舟〈清華簡《別卦》解詁〉,《周易研究》,2016年1期。

華肆‧筮法》的系統顯然跟《左傳》等傳世典籍中的《周易》不同系統。《清華肆‧筮法》是以四個經卦的相對關係去分析卦象，這和〈別卦〉以六爻組成一個卦應該是不同的系統。《清華肆‧別卦》只有卦畫與卦名，沒有卦爻辭，但是這些卦畫與卦名基本上與今本《周易》可以對應，所以我們只能假它的卦義應該也和今本《周易》相去不遠，這樣，我們才可以從卦畫所呈顯的卦義、今本《周易》卦爻辭的文字，去推測這個卦的「卦名」的正確涵義。

今本《周易‧泰卦》的內容如下：

☷☰乾下坤上　泰。小往大來，吉亨。〈彖〉曰：「泰，小往大來，吉亨。則是天地交，而萬物通也；上下交，而其志同也。內陽而外陰，內健而外順，內君子而外小人，君子道長，小人道消也。」〈象〉曰：「天地交，泰。后以財成天地之道，輔相天地之宜，以左右民。」初九：拔茅茹，以其彙，征吉。〈象〉曰：「拔茅，征吉，志在外也。」九二：包荒，用馮河，不遐遺；朋亡，得尚于中行。〈象〉曰：「包荒，得尚于中行，以光大也。」九三：无平不陂，无往不復，艱貞无咎。勿恤其孚，于食有福。〈象〉曰：「无往不復，天地際也。」六四：翩翩，不富，以其鄰。不戒，以孚。〈象〉曰：「翩翩不富，皆失實也。不戒以孚，中心願也。」六五：帝乙歸妹，以祉，元吉。〈象〉曰：「以祉，元吉，中以行願也。」上六：城復于隍，勿用師，自邑告命，貞吝。〈象〉曰：「城復于隍，其命亂也。」〈序卦〉：「泰者，通也。」〔註28〕

〈泰卦〉，乾下坤上，乾天在下與坤地在上，代表「天地陰陽相交」，因此它的卦象主要是「天地交、萬物通」。〈序卦〉也說「泰者，通也」，幾乎所有《易》學家解釋〈泰〉的卦象，都說為「通」，「天地交，萬物通」。這應該是合理的。

從這一點來看，「泰」字顯然不是本卦的本字。「泰」字出現得較晚，目前最早見於秦印，因此很難由出土材料去推本義。最據《說文》，「泰」的本義是「滑」，大徐本《說文解字》卷十一上：「泰，滑也。從水、從廾，大聲。……太，古文泰。」典籍未見此義，但此字既然從「水」，應該跟「水」有關，或者本義是水大、水滑，其他通達、通暢、安舒、安寧、美好、寬裕、驕縱、奢侈等典籍常用義，應該都是「水大、水滑」的引申。

〔註28〕以上俱參《周易》（臺北：藝文印書館，1955 年），頁 41，42，187。

王家臺作「柰」，「柰」是「祟」的假借分化字，《說文》釋為「柰果」、後世用為「奈何」義應該都是假借。因此，「柰」也不會是〈泰卦〉的本字。

我們以為「泰」、「柰」都應該讀為「徹」。〈泰卦〉的卦象是「天地交、萬物通」。《說文》：「徹，通也。」泰（他蓋切。透紐月部）、柰（奴帶切。泥紐月部）、徹（直列切。澄紐月部），三字上古音聲母都屬舌頭，韻都在月部，可以通假。因此〈泰卦〉真正的卦名應該是「徹」，「泰」、「柰」都是「徹」的假借。

至於〈別卦〉的「」字，我們以為可隸定作「齜」，為從「巀、即」的兩聲字，巀（直例切。澄紐質部）、即（子力切。精紐質部），與「徹」上古音聲紐同在舌齒，發音部位接近；韻部月質旁轉，古籍多見。〔註29〕此字的本義是什麼，目前無可考，但所從偏旁「巀、即」與「徹」都沒有意義上的關聯，所以有可能只是為了記錄〈泰卦〉的「徹」所造的一個記音字。前引王寧先生以為「」從「巀」，「巀」是「徹」的本字；徐在國、李鵬輝先生釋「」為「逼」，即「徹」。他們都看到了「」與「徹」的密切關係，這說明了「」應代表〈泰卦〉卦象的「徹」，應該是較原始的卦名。

但是，由於「齜」這個記音字在其他地方沒有用到，所以漸漸地就被其他音近的常用字「泰」、「柰」取代了。

二、悆

清華四〈別卦〉	王家臺	馬國翰	上博	阜陽	馬王堆	熹平石經	今本《周易》
	悆	渙	奐	㘦	渙／奐	渙	渙

原考釋趙平安先生隸作「悆」，讀為「渙」：

> 悆，馬國翰輯本《歸藏》作「奐」，王家臺秦簡《歸藏》、王馬堆帛書本、今本《周易》作「渙」。「悆」應該分析為從心睿省聲。「睿」月部喻母字，「奐」、「渙」元部曉母字，韻部對轉，曉、喻亦多通轉之例（參看《漢語音轉研究》，第141～143頁），上博簡《周易》作

〔註29〕參陳新雄師《古音學發微》（臺北：文史哲出版社，1975年），頁1056。

「饕」，可以能睿、爱皆聲的雙聲符字。〔註30〕

武漢網帳號「有鬲散人」以為此字从「丰」聲：

　　《別卦》簡 8 中讀為「渙」的字，應分析為從「心」，「歺」、「丰」

皆聲。〔註31〕

旭昇案：《上博三·周易》簡 54「睿」卦卦名作「饕」，左上作「宗」，下部作「尒」形，中有豎筆；同一個字在同篇的卦爻辭中出現七次，作「饕」，左上作「宍」，下部作「彡」形，中無豎筆；「宍、宗」應該都是「宍」。〈別卦〉本卦卦名作「■（宏）」字上部也从「宍」，但寫作「宗」，中有豎筆，與《上博三·周易》「睿」所從相同，「宗（宍）」偏旁下方並不从「丰」。

「宍（宗）」當即「濬、溶」的異體字「睿」的本字，可以分析从歺彡。「歺，殘也」，「彡」象水敗（水流動）貌，全字因此有「疏通水道」的意思。「睿」下加「口」旁，《說文》以為从「谷」，其實這個「口」旁未必有實質意義（疏通水道不必限於山谷）。《說文》：「睿　深通川也。从谷，从歺。歺，殘地，阬坎意也。《虞書》曰：『睿畎澮距川。』溶，睿或从水。濬，古文睿。（私閏切）。」

從「宍」構字的，已往所見，除「睿」外，還有「叡」，《說文》以「叡」為「叡」的古文：「叡，深明也。通也。从奴，从目，从谷省。叡，古文叡。叡，籀文叡，从土。（以芮切）。」據此，「叡」字應為「叡」字省「又」。其實，《上博三·周易》簡 54-55「睿」卦卦名作「饕」，左旁就是「叡」，「叡」字可以看成「从目从宍」會意，眼睛疏通了，自然就是「深明」，所以「叡」字的本義應是「眼力深明」，本字應作「叡」，「叡」、「叡」應是其異體。與此類似，〈別卦〉的「宏」應該分析為从心从宍會意，本義為「心思深明」，讀音應與「叡」同。

本卦的卦名，今本《周易》、熹平石經《周易》、王家臺、馬王堆帛書《周易》作「渙／奐」，《上博三·周易》作「睿」，究竟以那一個卦名最合理呢？

如果依前面的分析，「宏」與「叡」音同義近，「宏／叡」與「渙／奐」音近

〔註30〕《清華大學藏戰國竹簡（肆）》，頁 134，注 37。

〔註31〕武漢網帳號「有鬲散人」發言見：武漢網帳號「暮四郎」（黃傑）：〈初讀清華簡（四）筆記〉，武漢大學簡帛研究中心「簡帛」網站·簡帛論壇·簡帛研讀（http://www.bsm.org.cn/bbs/read.php?tid=3155），46 樓發言，2014 年 1 月 11 日。

可通，原考釋已有解說。《上博三·周易》作「爨」，顯然是一個「睿」字加「爰」聲再加「卝」的字，「爰（元部為／云母）」、「煥（元部曉母）」二字韻同聲近。可能此卦本來應該寫成〈別卦〉的「惢」（與「睿」音同義近），在《上博三·周易》因為音近而加聲符「爰（為／元母）」，再加「卝」就作「爨」；到了秦漢，音再轉而為「渙」？

從字形來看，漢代所見的本子多作「渙／奐」，而戰國中晚期的《上博三·周易》作「爨」，右上加「爰」聲，表示此卦名讀音向「渙」靠近；左上作「睿」，表示此卦本來應該與「睿」或「睿」聲接近。因此最合理的推測應該是：本卦最早作「惢」（與「睿」音同義近），後來語音變化，漸漸讀得接近「爰」，因此《上博三·周易》加「爰」聲。其後語音更接近「渙／奐」，於是卦名就寫成「渙／奐」了。

從卦義來看，此卦卦名作「惢／睿」也比作「渙」合理。後世有關《易》學的討論，多半是根據今本《周易》，因此幾乎都是從「渙」去討論，導致卦名與卦爻辭產生極大的不吻合。今本《周易》卦爻辭及傳如下：

渙：亨。王假有廟，利涉大川，利貞。彖傳：渙，亨。剛來而不窮，柔得位乎外而上同。王假有廟，王乃在中也。利涉大川，乘木有功也。象傳：風行水上，渙；先王以享于帝立廟。初六：用拯馬壯，吉。象傳：初六之吉，順也。九二：渙奔其机，悔亡。象傳：渙奔其机，得愿也。六三：渙其躬，无悔。象傳：渙其躬，志在外也。六四：渙其群，元吉。渙有丘，匪夷所思。象傳：渙其群，元吉；光大也。九五：渙汗其大號，渙王居，无咎。象傳：王居无咎，正位也。上九：渙其血，去逖出，无咎。象傳：渙其血，遠害也。

〈序卦〉：「《兌》者，說也。說而後散之，故受之以《渙》。」〈雜卦〉：「渙，離也。」

各家解卦名「渙」，都從「渙散」來解。但是觀看卦爻辭，從頭到尾都沒有不吉之象，如「亨」、「利涉大川」、「利貞」、「用拯馬壯，吉」、「渙奔其机，悔亡」、「渙其躬，无悔」、「渙其群，元吉」、「渙汗其大號，渙王居，无咎」、「渙其血，去逖出，无咎」。卦名的「渙」實際是與卦義對應不上的。

事實上，古代經學家並不都把「渙」卦的「渙」解為「散」，西漢末年揚雄《太玄》是模擬《周易》而作，《太玄》中對應「渙」卦的是「文」卦，司馬光《集注太玄》卷二葉五九在〈文卦〉下注：「文：陽家火　準渙。楊子蓋

以渙為煥，故名其首曰文。」北京師範大學出版社《太玄校釋》頁 143 注釋 1
也說：「相當於渙卦。揚雄以渙為煥。《論語·泰伯》：『煥乎其文章。』故以文
相當。」

東漢京房《京氏易傳》卷中：「渙，水上見木，渙然而合。」

清冉覲祖《易經詳說》卷三十四葉三上說：「渙字本不甚好。然論理，有渙
必有聚，故可致亨，非已亨也。」

清朱駿聲《六十四卦經解》：「渙，流散也。又文兒，風行水上，而文成焉。
《太玄》曰：『陰斂其質，陽散其文。』京《傳》曰：『水上見風，渙然而合。』
此渙字之義也。」

這些學者應該都是看到了卦名「渙」和卦爻辭不相應，但是卦名又別無他
字，因此只好從通讀引申上對「渙」字另作別解。現在，我們見到〈別卦〉此
卦的卦名作「惢」而不作「渙」，那麼我們是否可以考慮易經此卦的卦名本來就
應該作「惢」而不是「煥」呢？

「惢」從心從炪，表現的是能與人疏通，因而深明事理，其義與「睿」相近
（《說文》釋「睿」為「深明」）。我們把卦名換成「惢（睿）」，以此字去解釋卦
爻辭，似乎更為通暢：

惢（睿）：亨。王假有廟，利涉大川，利貞。彖傳：惢（睿），亨。剛來而不
窮，柔得位乎外而上同。王假有廟，王乃在中也。利涉大川，乘木有功也。象
傳：風行水上，惢（睿）；先王以享于帝立廟。

初六：用拯馬壯，吉。象傳：初六之吉，順也。

九二：惢（睿）奔其机，悔亡。象傳：惢（睿）奔其机，得願也。

六三：惢（睿）其躬，无悔。象傳：惢（睿）其躬，志在外也。

六四：惢（睿）其群，元吉。渙有丘，匪夷所思。象傳：惢（睿）其群，元
吉；光大也。

九五：惢（睿）汗其大號，惢（睿）王居，无咎。象傳：王居无咎，正位
也。

上九：惢（睿）其血，去逖出，无咎。象傳：惢（睿）其血，遠害也。

清華簡入藏暨清華大學出土文獻研究與保護中心成立十周年國際學術研討
會，清華大學出土文獻研究與保護中心主辦，2018 年 11 月 16 日。

談清華肆〈筮法〉第二十六節
〈祟〉篇中的「㝢（竈）」字

　　《清華大學藏戰國竹簡（肆）‧筮法‧第二十六節‧祟》篇專門講八卦中的各種祟，經由原考釋者李學勤先生及其他學者們的努力，大部分的文義都已基本明瞭了，只剩下少數詞語還有些討論的空間。以下，我先把我們讀書會所做的釋文及語譯列在下面：

【釋文】

　　䢤（乾）祟：屯（純）、五，宴（㝱／泯）宗。九，乃山。肴（殽），乃父之不祇﹦（葬死）。莫屯（純），乃室中、乃父。【四三】

　　㚤（坤）祟：門、行。屯（純），乃母。八，乃伊（噎）㠯（以）死、乃西祭。四，乃棽（縊）者。【四四】

　　艮祟：㝢（竈）。九，乃祟（慮／遽）。五，乃楒臭。【四五】

　　兌祟：女子大面端（憚）虩（赫／嚇）死、長女為妾而死。【四六】

　　袞祟：風、長殤（殤）。五，伏鐱（劍）者。九，戉（牡）祟（慮／遽）。四，棽（縊）者。弍（一）四、弍（一）五，乃殈（辠）者。【四七】

　　羅（離）祟：寅（熱）、沬（溺）者。四，絑（縊）者。一四一五，長女殤（殤）。二五夾四，殈（辠）者。【四八】

　　辱（震）祟：日出，東方。衍（旰）日，監（炎）天。昃（昃）日，〔？〕天。莫（暮）日，雨帀（師）。五，乃瘂（狂）者。九，乃戶。【四九】

　　巽祟：孯（俛／娩）殤（殤）。五、八，乃晉（巫）。九，粒、兹（孌）子。四，非瘂（狂）乃繡（縊）者。【五○】

　　夫天之道，男戠（勝）女，眾戠（勝）募（寡）。【五一】

【語譯】

　　卜問祟遇到乾卦：如果有全部由一構成的三爻卦或全部由五構成的三爻卦，就表示是由與宗族斷絕、死在外鄉的人變成的鬼在作怪。如果有全部由九構成的三爻卦，就表示是山在作怪。如果遇到五、九爻混出，那就是死去不得安葬的父親作怪，如果遇到由兩個數字構成的卦，那就是室中、死去的父親作怪。

　　卜問祟遇到坤卦：表示是門、行道作怪。如果有全部由六構成的三爻卦，那就是死去的母親作怪。如果有全部由八構成的三爻卦，那就是噎死者作怪，就是「西祭」作怪。如果有全部由四構成的三爻卦，那就是縊死者作怪。

　　卜問祟遇到艮卦：表示是房室的西南隅在作怪。如果遇到有九的爻出現，那就是邊鬼在作怪。如果遇到有五的爻出現，那就是「榾臭」這種鬼在作怪。

　　卜問祟遇到兌卦：表示是「大臉而被嚇死的女子」變成的鬼、或是「長女當妾而死」變成的鬼在作怪。

　　卜問祟遇到勞（坎）卦：表示是風（飄風），夭死的長子作怪。遇到有五的爻出現，表示是被劍殺死的人作怪。遇到有九的爻出現，表示是祟（虜／邊鬼）作怪。遇到有四的爻出現，表示是縊死的人作怪。遇到本卦中有四有五的爻出現，表示是辜死者作怪。

　　卜問祟遇到羅（離）卦：表示是被燒死的、溺死的人在作怪。遇到有四的爻出現，表示是縊死的人作怪。遇到本卦中有四有五的爻出現，表示是夭死的長女作怪。遇到本卦中二五夾四的爻出現，表示是辜死者作怪。

　　卜問祟遇到震卦：在日出時，東方的鬼怪作怪。在旰日時，是炎天作怪。在昃日時，是□天作怪。在日落時，是雨師作怪。遇到有五的爻出現，是（死去的）狂者作怪。遇到有九的爻出現，是戶神作怪。

卜問祟遇到巽卦：表示是難產而死的產婦作怪。遇到有五或有八的爻出現，是死去的巫者作怪。遇到有九的爻出現，是斷木做的神位、夭死的孿生子作怪。遇到有四的爻出現，不是死去的狂者就是縊死者作怪。

自然的道理，男的勝過女的，多的勝過少的。

以下，本文想要討論簡45「艮祟：㦱。九，乃祟（虡／遽）。五，乃槴臭」句中的「㦱」字。本文以為此字可讀為「竈」。

㦱，原考釋隸為「隶」字：

「隶」字類似郭店簡《尊德義》的「隶」（《楚文字編》第一八九頁），在此讀為「㱿」，《小爾雅·廣名》：「埋柩謂之㱿。」字或作「埍」，《釋名·釋喪制》：「假葬於道側曰埍。」〔註1〕

武漢網帳號「暮四郎」以為此字當隸作「有」：

（圖），整理報告釋為「隶」，讀為「㱿」，不確。從此字的結構考慮，此字下部最可能是「肉」之變體，則此字當釋為「有」。從文意看，或可讀為「疣」，即肉瘤，《玉篇》「疣，結病也，今疣贅之腫也」。「又」、「疣」相通。故「有」可讀為「疣」。「疣」之所以為艮祟，或因為艮為山，與肉瘤有類似之處。

楚簡「有」一般寫作（圖），下部「肉」旁中的兩橫似尚未見寫作（圖）中相應之形者。不過，新蔡簡的「朕」多寫作（圖），所從「舟」形當為「肉」形之訛寫，或可與（圖）中「肉」旁帶上「舟」的筆劃特點相比類。〔註2〕

武漢網帳號「有鬲散人」則以為或可釋為「扡（拖、拕）」，不過，此字也有可能是「蚩」的訛體：

《別卦》簡45中所謂的「隶」字，當是從「又」，「它」聲之字，或可釋為「扡（拖、拕）」。其所從的「它」旁可以參看下列兩字所

〔註1〕《清華大學藏戰國竹簡（肆）》，頁116。
〔註2〕武漢網帳號「暮四郎」（黃杰）：〈初讀清華簡（四）筆記〉，第21樓，武漢大學簡帛研究中心網站簡帛論壇，2014年1月9日。http://www.bsm.org.cn/bbs/read.php?tid-3155&page=3。

從的「它」旁：

（郭店簡《尊德義》簡 38）（包山簡 218）

不過從其構件位置來看，該字也有可能是「蚤」字的訛體，也就是說，該字所從的「它」可能是「虫」之訛。〔註 3〕

武漢網帳號「海天遊蹤」贊成此字下部接近「它」旁：

有鬲散人兄所說有道理，字形確實接近「它」旁，請比對：（△）《新蔡》乙一 18，顕（夏）。彩圖寫法的「它」與《新蔡》「顕」字的「它」旁完全相同，《筮法》文字編把「它」的一小筆修掉了，反而不像了。《新蔡》「顕」字的「它」旁多是這種寫法可供比對。〔註 4〕

子居〈清華簡《筮法》解析〉也贊成此字从又从它，以為當隸「⿰它又」，即今之「施」字：

（有鬲散人）所說是，此字當即「⿰它又」，今之「施」字。《國語・晉語三》：「秦人殺冀芮而施之。」韋昭注：「陳尸曰施。」《路史》卷七：「施者，殺而肆之。《內則》『施羊』亦如之，『施麋』、『施鹿』、『施麕』皆如牛羊左施。秦施冀芮、晉施邢侯叔魚於市，《山海經》『殺而施之』。」〔註 5〕

董春〈論清華簡《筮法》之祟〉謂：「在艮祟當中出現了『殔』，按《小爾雅・廣名》解釋：『埋柩謂之殔』，看起來與五祀毫不相關。但《禮記正義・檀弓上》鄭玄注云：『掘中霤而浴，毀灶以綴足，及葬，毀宗躐行，出於大門，殷道也。』可以解釋為何有乾之『室中』、坤之『門』、『行』、艮之『殔』，按殷禮而言人死之後於室中掘地作坎，告知死者此室於死者無用，在床上給死

〔註 3〕武漢網帳號「有鬲散人」：〈初讀清華簡（四）筆記〉，第 44 樓，武漢大學簡帛研究中心網站簡帛論壇，2014 年 1 月 11 日。http://www.bsm.org.cn/bbs/read.php?tid=3155&page=5。

〔註 4〕武漢網帳號「海天遊蹤」（蘇建洲）：〈初讀清華簡（四）筆記〉，第 45 樓，武漢大學簡帛研究中心網站簡帛論壇，2014 年 1 月 11 日。http://www.bsm.org.cn/bbs/read.php?tid=3155&page=5。

〔註 5〕子居：〈清華簡《筮法》解析〉，清華大學簡帛研究網站，2014 年 4 月 7 日。http://www.confucius2000.com/admin/list.asp?id=5953。

者洗浴後將水倒入坑中，故曰『掘中霤而浴』，之所以毀灶是為了說死者再無飲食之事，而毀宗躐行，出於大門，按孔穎達解釋為『毀宗』，毀廟也。殷人殯於廟，至葬，柩出，毀廟門西邊牆而出於大門。『今向毀宗處出，仍得躐此行壇，如生時之出也。』如依此，《筮法》篇的乾、坤、艮的室中、門、行、以及塚當屬鄭玄所云之殷禮。如不依此禮進行喪葬可能會引起鬼神作祟。」〔註6〕

從字形來看，對此字的字形分析，學者提出四種說：隶、有、挖、它。從彩色版仔細看，釋「隶」的可能性應該是較低的，學者也多半不支持這個解釋，因此可以不必再作進一步的分析。其餘三種解釋都有一定的道理，但也有一定的缺點。因此，我們應該先把字形做較深入的分析。先列原簡的字形：

彩版字形	字表字形	摹形 A	摹形 B	摹形 C	新蔡夏字

由於彩版的右下方竹簡表面有幾道凹痕，造成對此字下半究為何字的困擾。依上表所摹，摹形 A 即暮四郎所主張的下從「肉」，摹形 B 即有鬲散人、海天游蹤、子居所主張的下從「它」。二說都存在著一些問題。

釋為從「肉」的問題是：楚簡一般的「肉」形作「![肉]」，少數在中間加短撇筆，可能是為了和「月」區別，如「![字]」（《上九·史》9）、「![字]」（《上二·容》27），但中間仍然保留二斜筆，沒有減省為一斜筆的。釋為從「它」的問題是：楚簡的「它」形一般作「![它]」（上九·卜7）、「![它]」（上九·靈3）、「![它]」（清叁·赤14），最末筆都是向右彎，而摹形 B 則是末筆向左彎。海天游蹤舉出《新蔡》乙一18「夏」字作「![夏]」〔註7〕，以為「彩圖寫法的『它』與《新蔡》『顕』字的『它』旁完全相同，《筮法》文字編把『它』的一小筆修掉了，反而不像了。」如果比照《新蔡》，那麼本簡此字的寫法應如摹形 C。仔細核對二

〔註6〕董春：〈論清華簡《筮法》之祟〉，「清華簡與儒學專題國際學術研討會」（山東煙臺大學，2014 年 12 月），頁 104。

〔註7〕同樣寫法還見於《新蔡》乙一 19、甲三 243，參孫合肥〈清華簡《筮法》札記一則〉，復旦大學出土文獻與古文字中心網站論文（http://www.gwz.fudan.cdu.cn/old/SrcShow.asp?Src_ID=2222），2014.1.25。

形，《新蔡》「它」旁的末筆確實向左彎，但它的寫法與《筮法》此字還是有所不同。如果主張此字下部是「它」，那麼此字的末二筆顯然是作交叉形，現有楚簡的「它」字似乎還未見到有此種寫法。

透過以上的分析，我們可以說：釋「肉」釋「它」二說於字形都有道理，但也都還有缺點。二說都可以用書手訛寫來說明。戰國楚簡書手某種程度的筆畫訛寫是很常見的，以上二種解釋都在合理範圍內，因此字形分析都說得通。在這種情況下，文義釋讀應該就是最主要的考慮了。

暮四郎把此字讀為「疣」，在「祟」這一節可能不是很理想。「祟」節所作祟的人鬼大抵都是不正常死亡，事出意外，心有不甘。而「疣」，根據維基百科的介紹是：「疣是因為受病毒感染而生長於手足皮膚上的粗糙顆粒。外型像是花椰菜或者固體的水泡，這是一種病毒性感染，尤其是人類乳突病毒 2 及 7 型造成。疣大約分為十種，大部分都被視為是無害的。」既然它的死亡率不高，單單長疣而沒死的人也不可能作祟，它不像縊死、嚇死、熱死、溺死那樣有冤曲或不甘心。因此，「疣」作祟的可能性不高。

主張從「它」旁的，有鬲散人以為可以讀「扡（拖、扡）」或「蚤」，但是沒有做進一步的闡釋。子居以為可以讀「施」字，即殺人之後陳尸，這不失為一種說法。但是被殺而陳尸者的憤怨，主要來自被無辜而殺，而不是來自殺後附帶的「陳尸」。

有鬲散人以為或可讀「蚤」，可能性確實是比較大，但是字形分析相當複雜，要多花一點功夫。

甲骨文有一個從「又」從「虫」的「𠂤」字〔註8〕，王襄、朱芳圃、屈萬里先生均釋為「扡」〔註9〕。裘錫圭先生以為應該釋為「蚤」：

> 「蚤」字本來大概是從「又」從「虫」的一個會意字，可能就是
> 「搔」的初文。字形象徵用手搔抓身上有虫或為虫所咬之處。〔註10〕

望山一號楚墓楚簡第 9 簡「尚毋為大𧑁」的最後一字，朱德熙、裘錫圭、

〔註 8〕《前》6.51.4。參《甲骨文編》頁 468 第 1409 號。

〔註 9〕參《甲骨文字詁林》第二冊，頁 1796，第 1850 號。

〔註 10〕裘錫圭《甲骨文字考釋七篇》第三則〈釋蚤〉，《湖北大學學報（哲學社會科學版）》，1990 年第 1 期。又見《裘錫圭學術文集‧第一冊‧甲骨文卷‧甲骨文字考釋七篇》，頁 353。

李家浩先生隸為「蚤」，注云：「此字簡文作『蚤』，漢隸『蚤』字亦多从『又』。疑『蚤』當讀爲『慅』，憂也。」〔註11〕裘錫圭先生在〈甲骨文字考釋七篇〉一文中做了進一步的詳細解說：

> 漢代人多把「蚤」字寫作上从「又」下从「虫」。顧藹吉《隸辨》收了兩個「蚤」字（見樊安碑、逢盛碑），都是這樣寫的，顧氏按語認爲這是「省叉爲又」。但是在時代可以早到秦漢之際的馬王堆帛書裏，「蚤」字屢見，都寫作从「又」或从「父」，沒有一例是寫作从「叉」的（《秦漢魏晉篆隸字形表》954～955頁。《漢印文字徵》13.8下所收的「蚤」字也應釋「蚤」）。馬王堆帛書《戰國縱橫家書》中的「蚤」字作 $\mathbf{竈}$（同上955頁）……从「父」是它的訛體。从「叉」的「蚤」當是改會意為形聲的後起字。不過此字已見《說文》，出現的時代也不會很晚。……戰國璽印文中有 $\mathbf{㲋}$字（見《璽彙》3334號），《璽彙》和《古璽文編》（274頁）都把這個字隸定為「浥」。竊疑此字當釋為「潃」。《爾雅·釋訓》：「潃潃，浙也。」字亦作「溲」。〔註12〕

現在能看到的秦漢簡牘較多，在裘先生舉的例子之外，我們還可以再補充一些類似的例子。在秦簡中，从「父」與从「又」的「蚤」字都見得到，字形如下：「㲋」（睡·日乙135）、「㲋」（睡·日甲129）、「㲋」（睡·封82）、「㲋」（關沮165）〔註13〕；漢簡亦然，除了从「父」、从「叉」的字形外，从「又」的「蚤」字還有：「㲋、㲋、㲋、㲋」（居延圖229，265，301，345）〔註14〕、「㲋、㲋、㲋」（北大簡貳〈老子〉簡50，61，203）〔註15〕，其例尚多，不煩遍舉。裘先生已經很正確地指出：顧藹吉認爲這是「省叉爲又」。但是在時代可以早到秦漢之際的馬王堆帛書裏，「蚤」字屢見，

〔註11〕見《望山楚簡》（北京：中華書局，1995年），頁90。

〔註12〕裘錫圭《甲骨文字考釋七篇》第三則〈釋蚤〉，《湖北大學學報（哲學社會科學版）》，1990年第1期。又見《裘錫圭學術文集·第一冊·甲骨文卷·甲骨文字考釋七篇》，頁353。

〔註13〕參方勇《秦簡牘文字編》，吉林大學古籍研究所博士論文，2010年4月。

〔註14〕參《木簡字典》頁635～636。

〔註15〕參沈柏汗《北京大學藏西漢竹書（貳）文字編》，彰化師範大學國文學系國語文教學碩士班碩士論文，2015年7月。

都寫作从「又」或从「父」，沒有一例是寫作从「叉」的。季案：顯然裘先生以為「蚤」字的初形不應該是从「叉」的。而从「父」與从「又」相比較，从「父」很難說出有什麼取義；从「又」會意很合理，又有甲骨字形為證，因此，「蚤」本應作「蚤」，从又虫會意。

不過，《郭店楚墓竹簡》問世後，其中〈尊德義〉簡28有句子作「悳之流，速啻檔𡰥（蚤）而連命」，裘錫圭先生在《郭店楚墓竹簡》注15的案語中說：

> 此句讀為「悳（德）之流，速啻（乎）檔（置）蚤（郵）而連（傳）命」。《孟子‧公孫丑上》：「孔子曰：德之流行，速於置郵而傳命。」……「檔」从「之」聲，「蚤」从「又」聲，故兩字可讀為「置郵」。〔註16〕

由於有〈尊德義〉與《孟子》的對照，「𡰥（蚤）」字明顯對應今本論語「郵」，因此陳劍先生在〈據楚簡文字說「離騷」〉一文中指出：

> 由於有傳世古書中基本相同的文句為證，裘按的意見顯然是正確的，研究者對此也均無異議。這樣看來，這例以「又」為聲符的「蚤」字，跟殷墟甲骨文一直到秦漢文字裏从「又」从「虫」會意的「蚤（蚤）」字，顯然是不同的。〔註17〕

同時也把江陵望山一號墓楚簡第 9 簡「尚毋為大𡰥」改釋為「尚毋為大尤」〔註18〕。又進一步指出楚辭《離騷》本應作「離蚤（尤）」，是「遭到責怪」一類意思，漢初人整理戰國楚辭作品，一定經歷了一道將戰國楚文字轉寫為當時通行的隸書的手續。可以想見，在這個過程中，假如《離騷》的「騷」字原本是寫作「蚤」的，漢人就很容易根據自己的用字習慣而將其誤認為「蚤」了。〔註19〕

為什麼在戰國楚文字裏，「蚤」是一個以「又」為聲符、可表示「郵」或「尤」的字；而在秦漢人筆下，「蚤」卻是後來的「蚤」字？陳劍先生提出兩種可能：

〔註16〕見《郭店楚墓竹簡》（北京：文物出版社，1998 年 5 月），頁 175，注 15。
〔註17〕〈據楚簡文字說「離騷」〉頁 452，收在《戰國竹書論集》（上海：上海古籍出版社，2013 年 12 月）頁 449～453。
〔註18〕〈據楚簡文字說「離騷」〉頁 452，收在《戰國竹書論集》（上海：上海古籍出版社，2013 年 12 月）頁 449～453。
〔註19〕〈據楚簡文字說「離騷」〉頁 452，收在《戰國竹書論集》（上海：上海古籍出版社，2013 年 12 月），頁 452-453。

楚文字裏這類「蚤」字結構的分析有兩種可能：第一，它就是一個从「虫」、「又」聲的字，跟「蚤（蚤）」字本無關係，二者只是偶然形成的同形字。關於同形字問題，參看裘錫圭：《文字學概要》，商務印書館，1988 年，第 208～219 頁。另一種可能是，因爲「蚤（蚤）」字中包含有「又」這個偏旁，所以就可以也念作「又」。戰國文字中這類現象也有不少例子，參看李家浩《從戰國「忠信」印談古文字中的異讀現象》，《北京大學學報（哲學社會科學版）》1987年第 2 期。〔註20〕

陳劍先生的分析很精彩，對「離騷」本應作「離蚤」的說法很有說服力。對為什麼在戰國楚文字裏，「蚤」是一個以「又」爲聲符、可表示「郵」或「尤」的字；而在秦漢人筆下，「蚤」卻是後來的「蚤」字？陳劍先生的分析相當合理。不過，在這兩種可能中，我們以為第二種的可能性比較大，否則秦漢文字憑空出現一個「蚤（蚤）」字，而跟時代較早而密邇相接的楚文字「蚤（郵尤）」只是同形，音義完全無關，似乎也有點奇怪。而且秦漢以後產生的新字，一般說來象意字極少，多半為形聲字，而秦漢文字「蚤（蚤）」字只可能是會意字，不可能是形聲字。

如果這個可能成立，那麼秦漢文字的「蚤（蚤）」字就應該是繼承甲骨文的「𦥑」字；而戰國文字「蚤」本來就應該是「蚤」字，只是因為「蚤」字中包含有「又」這個偏旁，所以也可以念作「又」。

據此，〈筮法〉45 簡的「畠」字讀「蚤」，在字形上就變得相當合理了。至於「蚤」字為什麼可以寫成「畠」？在楚簡中「它」旁與「虫」旁可以混用，如「流」字既作「𣴎」（《上七·凡》1）、又作「𣲖」（《清華叁·周公之琴舞》9）。「畠」字即「蚤（蚤）」字，在本簡中或許應該讀「竈」。「蚤」、「竈」二字上古音同屬精紐幽部，可以通假。

在筮法〈祟〉篇中會作祟的神鬼怪有三類：一是死去的人，因為種種原因死亡，心有怨忿；第二種是自然神，如山、風、雨師；第三種是五祀，我們看到本篇中五祀已見其四——「室中（中霤）」（簡43）、「門」及「行」（簡44）、「戶」（簡49），獨獨不見「竈」，豈不令人迷惑？現在我們把「蚤（蚤）」字讀

〔註20〕〈據楚簡文字說「離騷」〉（上海：上海古籍出版社，2013 年 12 月）頁 452，注 1。

為「竈」，應該是比較符合當時的實際情況吧！

戰國時代是五祀發展比較蓬勃的時期，但是《禮記》中〈祭法〉主張自天子至庶人，所祀由七祀至一祀，有著等級的差別，諸侯五祀、大夫三祀、適士二祀中並無「竈」：

> 王為群姓立七祀，曰司命，曰中霤，曰國門，曰國行，曰泰厲，曰戶，曰竈；王自為立七祀。諸侯為國立五祀，曰司命，曰中霤，曰國門，曰國行，曰公厲；諸侯自為立五祀。大夫立三祀，曰族厲，曰門，曰行。適士立二祀，曰門，曰行。庶人立一祀，或立戶，或立竈。〔註21〕

《禮記・曲禮下》則說自天子至大夫都祭五祀：

> 天子祭天地、祭四方、祭山川、祭五祀，歲徧。諸侯方祀、祭山川、祭五祀，歲徧。大夫祭五祀，歲徧。士祭其先。〔註22〕

「五祀」的內容，鄭玄注以為「五祀：戶、竈、中霤、門、行。」〔註23〕依這一段，則天子到大夫都祭五祀，都有「竈」。

還有其他一些資料，大體不出以上二則的內容。這樣的差異，鄭玄注以前者屬周制，後者屬殷制來解釋，歷代學者討論很多，但都很難有突破。章太炎先生〈大夫五祀三祀辨〉則以為：

> 《曲禮》《王制》並言大夫祭五祀，《祭法》獨言大夫立三祀。鄭君注《曲禮》，謂五祀殷制，三祀周制。注《王制》，謂五祀有地，三祀無地。……案《祭法》所言，等而上之，天子七祀，於戶、灶、中霤、門、行以外，復增司命、泰厲。故不知七祀自起，無以明三祀所由立。尋司命、泰厲之入七祀，斯乃近起楚俗，非周制也。

〔註21〕中研院史語所漢籍資料庫「重栞宋本禮記注疏附挍勘記／祭法第二十三」，頁802，網址：http://hanchi.ihp.sinica.edu.tw/ihpc/hanjiquery?@3^1172421741^807^^^60101001000600250001^3@@272677600#。

〔註22〕中研院史語所漢籍資料庫「重栞宋本禮記注疏附挍勘記／曲禮下第二」，頁97，網址：http://hanchi.ihp.sinica.edu.tw/ihpc/hanjiquery?@3^1172421741^807^^^60101001000600040003^1@@2027603132。

〔註23〕中研院史語所漢籍資料庫「重栞宋本禮記注疏附挍勘記／曲禮下第二」，頁97，網址：http://hanchi.ihp.sinica.edu.tw/ihpc/hanjiquery?@3^1172421741^807^^^60101001000600040003^1@@2027603132。

《漢書・郊祀志》言：荊巫有司命。《楚辭・九歌》之《大司命》，即《祭法》所謂王所祀者也；其《少司命》，即《祭法》所謂諸侯所祀者也；《九歌》之《國殤》，即《祭法》所謂泰厲、公厲也；《九歌》之《山鬼》，《祭法》注曰：今時民家祠山神，山即厲也，是山鬼即《祭法》所謂族厲也。然則司命、泰厲、公厲、族厲，皆于《楚辭・九歌》著之，明其言「王立七祀，諸侯立五祀，大夫立三祀，嫡士立二祀，庶士、庶人立一祀」者，皆由楚國儒先因俗而為之節文矣。魯並于楚，《祭法》所述祀典，泰半本《魯語》展禽之說，其為楚人刪集，又易知也。〔註24〕

太炎先生以為周制大夫地位尊，當行五祀；楚制大夫地位卑，僅行三祀（適士、庶士以下更不必論）。

現在戰國楚簡大量出土，學者才有比較多的資料可以討論。楊華先生〈「五祀」祭禱與楚漢文化的繼承〉對相關問題有比較詳細的論述，以下是楊華先生整理的戰國秦漢五祀表：〔註25〕

新蔡葛陵楚簡（戰中）	戶、行、門／門、戶、行／門、戶／戶、門
包山楚簡「五祀」神牌中晚	戶、竈、室（中霤）、門、行
望山楚簡（戰中後段）	行（宮行）、竈
九店楚簡（戰晚）	戶牖、門、行
《禮記・月令》	戶、竈、中霤、門、行
睡虎地秦簡《日書乙》	竈、內中土（中霤）、戶、門、行
《曲禮》《王制》鄭注	戶、竈、中霤、門、行
《禮記・祭法》	司命、中霤、門、行、厲
《白虎通・五祀》	門、戶、井、竈、中霤
《漢書・郊祀志》	門、戶、井、竈、中霤
《後漢書・郊祀志》注	門、戶、井、竈、中霤

楊文表示，新蔡簡中只有門、行、戶，而且記載時並不固定。到了包山簡，

〔註24〕見《章太炎全集》（一）（上海人民出版社，1982年），頁285～287）、《章太炎全集》（四）（上海人民出版社，1985年），頁29～31。

〔註25〕楊華〈「五祀」祭禱與楚漢文化的繼承〉，2005年11月12日，武漢大學簡帛研究網，網址：http://www.bsm.org.cn/show_article.php?id=63。

五祀已經固定了，可見楚地乃至整個古代「五祀」系統的固定化，大約完成於此時。

旭昇案：從楚簡五祀的記錄來看，「五祀」在新蔡簡時期應該還沒有成熟，但是在包山簡的時代就已經成熟了。清華簡的時代與包山簡相近，筮法〈祟〉篇中有關室內能作祟的神祇已經出現了室中（中霤）、門、行、戶，顯然是比新蔡簡進一步發展的「五祀」，由包山簡來看，筮法〈祟〉篇中沒有理不出現「竈」。從五祀的發展歷史來看，我們把「䖵（蚤）」字讀為「竈」，應該也是合適的。

除了當人名用的外，「竈」字最早出現在春秋秦公鎛，用為「肇」、邵鐘讀為「簉」、石鼓文讀為牾、戰國齊系多用為「造」。楚系包山簡作「竈」，開始當「爐竈」之「竈」用；望山簡作「竈」，為竈神之專用字〔註26〕。睡虎地簡〈日甲〉72 背、〈日乙〉40 貳、〈法律答問〉192 為「爐竈」義。由此看來，楚簡包山、望山才出現「爐竈」義的字，它或作「竈」、或作「竈」，字形似乎還未凝固，因此或假借「䖵（蚤）」字，應該也是很合理的。

「竈」字字形表（收至秦代）

1 春早.秦公鎛《金》	2 春晚.邵鐘《金》	3 春晚.公孫窰壺	4 春戰.秦.石鼓吳人	5 戰.齊.陶彙 3.781
6 戰.齊.陳麗子戈	7 戰.齊.陶文圖錄 3.354.1	8 戰.齊.莒公孫潮子戈	9 戰.晉.䀠余戈《集成》	10 戰.楚.包山.籤牌
11 戰.楚.望山 139	12 秦.璽彙 5496	13 秦.睡.日甲 72 背《張》	14 秦.睡.日乙 40《張》	15 秦.睡.答 192《篆》

本文原發表於中國社科院語言所主辦之「出土文獻與上古漢語研究（簡帛

〔註26〕見《望山楚簡》（北京：中華書局，1995 年），頁 103，注 107。此書由朱德熙、裘錫圭、李家浩三位先生考釋注解。

專題）高端學術論壇」，2017 年 8 月 14～17 日（已收入《上古漢語研究》第三
輯），北京：商務印書館，2019 年 6 月。

古文字中的易卦(數字卦)材料

提　要

　　古文字中有很多易卦材料,從新石器時代開始,到商代的甲骨、玉石、陶器,周代的銅器,戰國、西漢的簡牘上都有。這些符號是以數字來表示,最初是從一到十都有用到,戰國時代則向一、六、八集中,到西漢則剩下一和八,並且符號化。後來一變成陽爻(━)、八變成陰爻(━ ━)。本文把這些易卦材料再次蒐集,增加了一些前人所沒有的,對這些易卦的解釋,也提出了一些個人的看法。

　　關鍵字:周易　易卦　數字卦

一、數字卦的發現與研究

　　宋代成書的《宣和博古圖》2.17 著錄了一件「南宮中鼎一」,銘文是[註1]:

　　　　隹十又三月庚寅,王才寒師(䢔),王命(令)大史(吏)括

　　(兄)懷(裏)土,王曰:中、茲(絲)懷(裏)人內(入)史,

　　錫(易)于琰(斌,武)玉(王)乍臣,今括(兄)里(畀)汝

　　(女)懷(裏)土,乍乃采,中對王休命(令),鸞父乙尊,惟

　　(隹)臣尚中臣。赫赫。(十乂〈〈〈　乂十〈〈〈)

〔註1〕《宣和博古圖》2.18,依《博古圖》隸定,括號中的字是我們依銘文所作的隸定。

銘文最後十二個符號，釋文作「赫赫」二字。宋王俅的《嘯堂集古錄》也著錄了這件銅器，末句釋作「惟臣尚中臣十八大夫八大夫」〔註2〕。薛尚功《歷代鐘鼎彝器款識》末句的隸定同《宣和博古圖》，並有解釋：「後云『惟臣尚中臣赫赫』者，如『赫赫師尹』之義。」〔註3〕郭沫若《兩周金文辭大系》以為「末二奇字殆中之族徽」〔註4〕。

唐蘭在 1957 年發表〈在甲骨金文中所見的一種已經遺失的中國古代文字〉，把中方鼎（即中齍）及中斿父鼎（即史斿父鼎）、董伯簋、效父彝、召卣等銅器和四盤磨、張家坡出土的甲骨等上的十三個數字符號結合起來，認為是一種用數目字構成，已經遺失了的中國古代文字，並認為這種古文字在西周金文中構成族徽。〔註5〕他的文章具有開創的價值，雖然他的解釋有不少錯誤。

近代學者中，管燮初先生最早指出這些圖形可能是卦爻，他在《西周金文語法研究》中引到「中齍」，並說：

> （中齍）「十×〈〈〈〈　×十〈〈〈〈」兩個圖形不認識，可能是「兄」的官職或氏族圖記，中受君王轉賜原贈與兄的采邑曩土的時候是南宮兄的家臣。這類圖形尚有西周銅器召卣銘文……，殷墟甲骨刻辭……。每個圖形用六個符號組成，每個圖形的符號至多不超過四種形式。推想這是上古時代曾經使用過的卦爻之類表示思想意識的圖形。〔註6〕

這個推測很有見地，但是因為他的書出版的時間較晚，加上材料還不夠，他還兼用唐蘭族徽的意見，不敢肯定自己這個意見是對的，所以很少人注意到他的這個意見。

〔註2〕《嘯堂集古錄》，頁26，北京中華局，1985年6月第1版。

〔註3〕見薛氏《歷代鐘鼎彝器款識》10.3（又105），遼瀋書社版，頁178。本書名舊作《歷代鐘鼎彝款識法帖》，此依遼瀋書社版書名。

〔註4〕《兩周金文辭大系》改名「中齍」，見該書第16葉。

〔註5〕唐蘭〈在甲骨金文中所見的一種已經遺失的中國古代文字〉，《考古學報》，1957年第2期。

〔註6〕管燮初《西周金文語法研究》，頁22。管先生此書雖出版於1981年10月，但以出版界常見的情況而言，原稿當作於出版前數年。管先生在這段話前後的注裏頭引了唐蘭〈在甲骨金文中所見的一種已經遺失的中國古代文字〉這篇文章，而未引張政烺之說，可見得他這個說法是在一九七八年之前產生的。

一九七七年，在陝西省岐山縣鳳雛村甲組周初宮殿房基二號西廂房十一號窖穴中出土了一萬七千多片甲骨，其中有九片卜甲分別刻有用數字組合成的卦文，徐錫臺先生在一九七八年十二月於吉林大學舉行的第一屆中國古文字研究會研討會中提出介紹，張政烺先生當場即發表〈古代筮法與文王演周易〉的短論，論證這種僅由五、六、七、八四個特定數字所構成的複合符號就是老陰、少陰、老陽、少陽四個爻所構成的「卦」。而且認為這批西周卜甲刻辭中所見的均為六爻組成的「重卦」，為文王重卦的歷史傳說提供了實證。〔註7〕

一九七九年，徐錫臺、樓宇棟先生在中國考古學第一次年會中發表了〈西周卦畫探源──周原出土卜甲上卦畫初探〉一文，提出了八個西周卜骨上的數字卦，又引汪寧生先生〈八卦起源〉中提到西南少數民族保存的古代筮法「雷夫孜」來說明易卦起於數字的奇偶，肯定在西周早期的卜筮已經進入了重卦的階段。

一九八〇年，張政烺先生在當年的《考古學報》第四期（總第五十九期）發表了〈試釋周初青銅器銘文中的易卦〉，蒐集了三十二個數字卦，肯定它們是易卦。又對這些數字卦的數字集中於「一」和「六」提出了敏銳的觀察；並對筮法、變卦、三易等問題都做了很精闢的闡釋。

同年，徐錫臺先生也在《中國哲學》第三輯發表了〈西周卦畫試說──周原卜甲上卦畫初探〉，詳細地介紹了周原甲骨上的卦畫。

一九八一年，張亞初、劉雨先生在《考古學報》1981年第2期發表〈從商周八卦數字符號談筮法的幾個問題〉，蒐集了三十六種數字卦，都附了摹本，並對筮法起源、文王重卦、幾何形直線卦畫等問題都做了很深入的探討。

同年，管燮初先生在《古文字研究》第六輯發表了〈商周甲骨和青銅器上的卦爻辨識〉一文〔註8〕，認為這些數字卦共有六種，在同一地區出土的卜骨或同一篇銘文中至多只出現其中的四種，與《周易》的少陽、少陰、老陽、老陰相合。但同年在《考古》1981.2發表的〈數字易卦探測兩則〉中他又自行否定了這個說法。

一九八五年，張政烺先生在《文史》第二十四輯發表〈殷虛甲骨文中所見

〔註7〕《古文字研究》第一輯〈吉林大學古文字學術討論會紀要〉。張政烺〈試釋周初青銅器銘文中的易卦〉，《考古學報》，1980年4月，頁403～404。
〔註8〕據文中註1自述，本文初稿作於1963年，改寫完稿於1980年。

的一種筮卦〉，提出殷虛甲骨文及金文中所見的一種四爻卦，並以互卦之法讀之。

　　自此之後，還陸續有多篇文章探討數字卦問題，請參見本文後所附的參考書目。其中較大的發現是一九八六～一九八七年在湖北荊門包山二號楚墓發現的包山楚簡，考古報告及釋文很快地就公佈了，這些楚簡上一共有六支簡書寫了十二個卦畫，主要是用一和六兩個數字構成，另有少量的五和八，為易卦的發展提供了非常清楚的證據。〔註9〕一九七三年，湖南長沙馬王堆出土了一批具有重要學術價值的古代帛書，其中有《周易》六十四卦，陽爻作「▅」，陰爻作「▅▅」；一九七七年，安徽阜陽雙古堆發現了一批西漢竹簡，其中有《易經》六十四卦中的四十多卦的殘文，可惜有卦畫的只有三個，〈簡介〉說：

> 《周易》的卦畫留存下來的很少，僅見臨、離、大有三卦，其陰
> 爻作「∧」形，與今本《易經》、馬王堆帛書《易經》等皆不同。如
> 臨卦卦畫，今本作「䷒」，馬王堆帛書作「䷒」，阜陽簡則作「䷒」。

〔註10〕

案：這一段敘述前後有點矛盾，依前段，阜陽簡卦畫的陰爻是用「六」來代表，和後世易卦中的陰爻並不很像。依後段，阜陽簡的臨卦其實用的是「八」，和馬王堆的卦畫陰爻用的數字其實是一樣的，和後世易卦中的陰爻也非常相像。〔註11〕但是，可能是因為張政烺先生受到〈簡介〉前段敘述的影響，已經認定阜陽簡數卦畫用的是「一」和「六」，就沒有注意其下所引的臨卦卦爻其實是用「八」來表示的。張先生在〈帛書六十四卦跋〉中所引的〈阜陽漢簡簡介〉「臨卦」寫作「䷒」，以為其陰爻作「六」：

〔註9〕 許學仁〈戰國楚墓《卜筮》類竹簡所見「數字卦」〉（《中國文字》新十七期，1993年）詳細介紹了包山簡的數字卦，同時也介紹了江陵天星觀的數字卦。同刊李殿魁發表〈從出土考古資料及書面資料試探易之起源與真象（一）〉介紹了1950～1990學者討論數字卦的文章。

〔註10〕 〈阜陽漢簡簡介〉第22頁。

〔註11〕 胡平生在《簡帛研究》第三期〈《阜陽漢簡‧周易》概述〉一文中把阜陽簡上的三個卦很清楚的摹了出來，所用的卦畫確實是「一」和「八」。本論文在研討會宣讀時，承陳鼓應先生賜告，謂韓自強先生已有文章交給陳先生主編的《道家文化研究》，文中明白指出阜陽易經陰爻用的數字是「八」不是「六」，韓先生也親口把阜陽易經用「八」不用「六」的情況告訴過陳先生。只是文章還沒有刊出而已。

阜陽簡……爻題稱九六，而實際卻是一八。……馬王堆三號墓
葬於公元前 168 年，阜陽汝陰侯墓葬於公元前 165 年，兩者約略同
時，帛書竹簡字體書法亦相似。蓋阜陽簡《周易》所根據的底本早，
故在卦畫上猶保留古老的形式。這說明當時正是新舊交替的時節，
而馬王堆帛書《六十四卦》上的卦畫確是中國最早用陰陽爻寫成的，
其陰爻作八猶帶八字一分為二的痕跡。〔註12〕

張先生把阜陽簡卦畫中的「八」誤認為「六」，這就無法解釋為什麼時代比較
晚的阜陽簡所用的數字（六）比時代比較晚的馬王堆簡所用的數字（八）早，
張先生以「蓋阜陽簡《周易》所根據的底本早，故在卦畫上猶保留古老的形
式」來解釋，其實是沒有什麼說服力的。但是，因為張先生這麼說了，因此後
來所有提到阜陽簡卦畫的人，大都說阜陽簡是用「一」、「六」來表示陽爻和
陰爻，甚至於以為現在見到的易卦陰爻是由「六」變來的。造成數字卦演變
史中一個很大的誤會。

為了方便讀者查考，有關卦畫的材料，我們在文章的最後用「卦畫表」來
表示，這兒就不多作敘述了。

二、數字卦的性質

自從張政烺以為這些數字是易卦之後，學者都同意這樣的看法了。劉雨、
張亞初說：

> 它們都是數目字的組合，而且都是由三個或六個數字構成的組
> 合。這不能不使我們與導源於數卜的我們古代占筮法——八卦聯繫
> 起來。八卦的每個卦由三個爻（單卦）或六個爻（重卦）組成，每
> 個爻也都是可以用數字來表示的。」〔註13〕

當然，也有學者反對這些數字是易卦，劉大鈞先生在一九九一年出版的《大易
集成・前言》中說：

> 易卦起源於筮數，前幾年，有人曾提出甲骨與金文的奇字是筮
> 數，並認為六個數目字一組是重卦，三個一組是單卦。這種假說雖

〔註12〕〈帛書六十四卦跋〉，頁 12。
〔註13〕〈從商周八卦數字符號談筮法的幾個問題〉，頁 155。

然在學術界引起了一定的反響，但人們很快發現，它只能解決六位與三位奇偶數圖形問題，而那些商周甲骨和青銅器及周秦器物上出現的四位（包括五位）線段所組成的圖形就無法解釋了。這次會議上有人沿著原來的假說繼續前進，為了解釋這些圖形也是卦的問題，他將這些圖形與漢代人楊雄的《太玄經》作了對比，指出這些甲骨器皿上的四位圖形與《太玄經》四爻組成的《玄卦》相類，它們與六位奇偶數排列組成的《易》卦同源不同支；《玄卦》非楊雄所創，殷周時代四位奇偶數排組成《玄卦》早已產生，因而四位《玄卦》可能始於周初。當然，對於這種大膽的假設，我們還需更小心的求證，因為若卜骨上的數字或線段既非六位，亦非四位或五位，而是十位以上，如扶風縣齊家村西周遺址採集的卜一零八號卜骨，乃由十三位與十二位數字組成，這又是何卦呢？《繫辭》曰：「極其數，遂定天下之象。」八卦起源於筮數，這是可信的，但若認為這些商周器皿卜骨上的數字或線段一律都是卦，我以為尚需作進一步慎重的考證與研究。

其實從新石器時代開始的數字卦，一直到商、周、秦、漢，我們看到它所用的數字大體上是朝向簡化的方向走，因此先是新石器時代的兩個數字卦十二個數字中就用了「一、二、三、四、五、六」等六個數字，到商代基本上是以「六、七、八」為大宗，春秋、戰國時期代則向「一、六、八」集中。到西漢時期的馬王堆帛書和阜陽漢簡周易，全以「一、八」來表示。「一」與陽爻同形，「八」拉平之後與陰爻同形，這就和現在所見的易經完全一致了。這說明了《易經》源於數，《易》卦也是由數變來，而且有一個非常長遠的歷史過程。戴師璉璋說：

> 數字卦的指認，在易學研究上是一項重大的貢獻。……數字卦為我們在易學領域中開拓了一個嶄新的視野。數字卦的說法，是建基於考古學、甲骨學以及民族學方面的知識，而且又契合於易筮本身的性質。除非我們能提出堅強的論證來加以反駁，要不然是很難在理性的層面上來加以排斥的。〔註14〕

〔註14〕戴師璉璋〈出土文物對易學研究的貢獻〉，頁28。

至於為什麼包山楚簡用「一」、「六」（少量的「八」），而到了馬王堆簡和阜陽簡卻變成了只剩下「一」、「八」呢？張政烺先生指出包山簡的數字卦向「一」和「六」集中，是非常正確的。但是西漢的馬王堆簡和阜陽簡把「六」改成「八」，我以為應該是由於要符號化的緣故。「六」字的上端兩筆相連接，不容易和「一」字區分清楚；換成「八」字，上端的兩筆分開，和「一」字區分得很清楚。因此，數字卦發展到戰國時代，雖然已經大量集中用「一」和「六」，但是到西漢時代，卻又改成全部用「一」和「八」。由此看來，易經由數字卦變成符號卦，應該就在戰國秦漢之際。

除了以上的數字卦外，另外有一類圖形，學者也以為是易卦。《重脩宣和博古圖》9.18 有「商卦象卣」，器蓋皆有銘文作「☲」，釋文云：

> 蓋與器銘共二字，作卦象。觀古人畫卦，奇以象乎陽，耦以配乎陰，一奇一耦而陰陽之道全，一虛一實而消息之理備。然《易》始八卦而文王重之為六十四卦，夏曰《連山》，商曰《歸藏》，周曰《易》。是卦也，上下爻皆陽，有乾之象；中二爻皆陰，有坤之象；虛其中，亦取於器，所謂黃流在中者，義或在焉。雖不見於書，惟揚雄作《太玄》八十一首以擬易，曰：方、州、部、家。今《爭首》一方三州三部一家，與此卣卦象正同。雄於漢家最號博聞，殆玄之所自而作耶！〔註15〕

張亞初、劉雨先生在〈從商周八卦數字符號談筮法的幾個問題〉一文中採用了這樣的看法，主張有幾個類似《博古圖》的圖形是「幾何形直線卦畫」的起源，其一見於《文物》一九六三年第三期第四十五頁、由陝西省涇陽博物館收集的一件商末周初的甗，銘文作「▦」；其二見於《文物》一九六三年第四期第五十一頁、出土於山西翼城的商末周初的甗，銘文同上一件；其三見於《美帝》A785（P.283）的罍，銘文作「▦」；其四見於《積古》9.16-17 的一件卣，銘文作「☲」；第五是一件東周璽印，見《吳愙齋尺牘》第七冊〈吳清卿學使金文考讀古陶文記〉，銘文作「☷」，張亞初、劉雨先生以為它們和西漢揚雄的《太玄經》很類似，銅罍和銅卣甚至於和《太玄經》中的《爭首》卦完全同形，因而認為這幾個符號是占筮的卦畫符號，與八卦可能是同源而不

〔註15〕本器亦見遼瀋書社《歷代鐘鼎彝器款識》頁 47，釋文照錄《博古圖》。

同流，這是我國目前所見的最早的卦畫。〔註16〕

依前所論，我們認為現在所見的《周易》的卦形是由自新石器時代以來的數字卦逐漸演變來的，到戰國秦漢之際才定型成符號卦，這是和易卦發展的社會背景相配合的，似乎不大可能在商末周初就已經發展出了符號卦。因此，上舉的圖形是什麼，目前還不知道。但是它們不可能是和《周易》同一系統的卦畫，這應該是可以肯定的。

三、筮法的問題

數字卦發現了以後，學者對它的性質大體上已有了一致的共識。但是對於這些數字卦是怎麼得出來的，大家還是有相當大的困惑。張政烺先生以為《周易·繫辭傳·大衍之數五十》章是西漢中期的作品，未必即是數字卦的筮法。他另外擬測了一個「上牌」的筮法：以六十四根籌碼分成四組，其第一組廢除不用（即上牌），只用二、三、四組，分別揲之以八，餘數記錄下來，便是三個數字，這便是一卦。把籌碼全部收齊，照這個程序再來一遍，又得一卦，重疊在一起便是一個重卦。這個筮法出現的最大數是八，最小數是一，遇到二、四就歸六，遇到三就歸一，因此一和六特別多。〔註17〕

張先生的這個筮法恐怕是有問題的。最大的問題是，他當時收到的材料中，最大數只有八，所以他用揲之以八的辦法。但是我們現在收到的材料中最大數有九（《考古》1989.1（256）)、有十（《屯南》上冊第二分冊4352片，只一見），因此我們應該揲之以九或十才行。其次是張先生用「上牌」的辦法，似乎不是易學傳統的辦法。《易·繫辭·大衍之數五十》章也許時代不會早到先秦，但是他應該是合於《周易》，而且有傳統、有來歷的筮法才對，不會是漢朝人憑空臆構的。我們看到楊雄《太玄》所用的數字是一、二、三，其蓍策是三十六而虛其三，實用三十三策而揲之以三；司馬光《潛虛》所用數字是一至十，其蓍策是七十五而虛其五，實用七十策而揲之以十。所以看起來，〈繫辭〉的揲法模式顯然是漢宋學者共同的認識。我們要擬測數字卦是怎麼得來的，似乎也應該要參考漢朝人的方式。〈繫辭〉的揲法，朱子在《周易本義·筮儀》中有很清楚的說明，高亨在《周易古經通說》第七篇〈周易筮法新

〔註16〕見張亞初、劉雨，〈從商周八卦數字符號談筮法的幾問題〉，頁162～163。
〔註17〕張政烺，〈試釋周初青銅器銘文的易卦〉，頁406。

考〉中也有很詳細的解說〔註18〕。數字卦所跨越的時間太長，也許它們未必是完全採用同一種筮法。傳統易學中有連山、歸藏、周易的不同，它們既然都叫易，應該都是用筮數求得的，其不同除了卦名、卦辭等之外，應該也有取數的不同吧。至於它們的具體筮法如何，今天還不好斷言，但應該和〈繫辭〉的揲法有很密切的關係。

四、筮數的問題

數字卦的筮法雖然尚未能解決，但學者們注意到同一地區、同一時代、或同一塊材料上所用的數字大體上是有一定傾向的。除了 1979 年江蘇海安縣青墩遺址所出的卜骨外，其它的數字卦是絕不見二、三、四這三個數字的，這要如何解釋呢？張政烺先生統計了他所蒐集到甲骨金文的三十二條材料上的數字，說：

> 這三十二條材料共有一六八個數字，把它清理一下，計一至八出現的次數如下：一（36）、二（0）、三（0）、四（0）、五（11）、六（64）、七（33）、八（24）。六字出現最多，計 64 次，其次是一字，計 36 次，而二、三、四都是 0 次，這是個必須注意的現象。占卦講命運，找時機，不會奇偶禍福的出現次數一般多，推至一切都不會是絕對平均的。但差別如此之大，很難理解。再一點是二、三、四不出現，膡下五個數字，三個奇數，兩個偶數，奇偶不平衡。易以道陰陽，陰陽不成對還有什麼易理可講？可是我們把奇數出現的次數加起來：36＋0＋11＋33＝80，把偶數出現的次數加起來：0＋0＋64＋24＝88，兩個得數卻差不多，可見二、三、四這三個數字雖不見，它實際上還是存在的，只是不曾正式列出來，而把它們寄存在其它數字之中。按照簡單的推想是：二、四併入六，三併入一。什麼原因使它如此呢？我的解釋是這樣：古漢字的數字，從一到四都是積橫畫為之，一二三　自上而下書寫起來容易彼此摻合，極難區分，因此把二、三、四從字面上去掉，歸併到相鄰的偶數或奇數之中，所以我們看到六和一字出現偏多，而六字尤占絕對多數的現

象。占卦實際使用的是八個數字，而記錄出來的只有五個數字，說明當時觀象重視陰陽，那些具體數目並不重要。這是初步簡化，只取消二、三、四，把它分別向一和六集中，還沒有陰爻（▬▬）、陽爻（▬）的符號。〔註19〕

張先生這段話大部分的推論是很合理的，但是說「占卦實際使用的是八個數字」一句，恐怕需要再斟酌（當時材料不夠，九和十都還沒有見到，但後來陸續都被發現了）。其次是張先生以為後期卦畫中一、六特別多，最後陸續向一、六集中。這話有待商榷。因為戰國時候的數字卦，目前看到的似乎是向一和六集中，但是戰國數字卦的材料並沒有完全公佈，只憑少數的樣本不應做太多推測。尤其是數字卦的「六」和「八」字形非常接近，一不小就會看錯。天星觀的材料還沒有公佈，上面的卦畫是不是真的全都是一和六，我們寧可稍持保留，等到看了材料再說。更何況從阜陽漢簡、馬王堆漢簡來看，西漢的卦畫實際上是向一、八集中，而不是一、六。

五、四爻卦的問題

在這些數字卦中，有一些四爻卦，非常特殊。它們到底是什麼樣的性質？頗不易解決。張政烺先生是用互體的觀念來處理的：

漢代學者解釋易卦，喜歡講互體，最有名的是鄭玄。鄭玄《周易注》曾一度風行，列於學官。王弼尚名理，譏互體，其作《周易注》所廓清的主要是互體。……南宋末，王應麟輯《周易鄭康成注》，並作序文，主要談互體問題，引如下：「鄭康成學費氏《易》，為注九卷多論互體。以互體求易，《左氏》以來有之。凡卦爻二至四、三至五，兩體交互各成一卦，是謂一卦含四卦。……」王應麟又從《左傳正義》、《禮記正義》、《周禮疏》中鈔出以互體說易卦的八條。……大家公認較早的證據是《左傳》，莊公二十二年：「周史有以《周易》見陳侯者，陳侯使筮之，遇觀☲之否☲，曰：『……坤，土也。巽，風也。乾，天也。風為天，於土上，山也。有山之材而照之以天光，於是乎居土上。故曰：觀國之光，利用賓於王。』」

〔註19〕張政烺，〈試釋周初青銅器銘文中的易卦〉，頁405。

這裏觀卦的第四爻動，六四變為九四，所以「之卦」是否。巽變為乾，所以說「風為天」。自二爻至四爻是艮，艮為山，所以說「有山之材」。……《左傳》成書年代在戰國前期，也肯定比《繫辭》寫定的時間早。總而言之，互體說是有來歷的。……互體說重視「中四爻」，初爻、上爻置之不論，專從二、三、四、五爻下功夫，把四個爻當作一個卦。試師其意，將前舉甲骨金文中的三組四個數目字畫出來：六七七六（☱兌☴巽䷛大過），八七六五（☵坎☲離䷾既濟），八八六八（☷坤☷坤䷁坤）。〔註20〕

張先生的意思是，這種四爻的數字卦，原來是把六個爻的重卦省略了初、上二爻，然後把剩下的四個爻以互體之法讀之，先讀初、二、三爻成一卦，再讀二、三、四爻成另一卦，合起來就是一個新的重卦。

　　這種解釋非常巧，也有歷史依據，所以很多學者都接受了。但是，這個解釋是否真的適合商代的四爻卦呢？姑不論《左傳・莊公二十二年》那一段占筮是否可以解釋成互體，至少《左傳》和商代卜骨的情形似乎不太一樣。《左傳》周太史的解釋是從觀卦到否卦，有正有互，以否卦來說，他至少談到初、二、三爻所組成的坤☷（坤，土也）；四、五、上爻所組成的乾☰（乾，天也）；然後是二、三、四爻所組成的艮☶（山也）；三、四、五爻所組成的巽☴（巽，風也）。我們如果仿照張政烺先生的意思，把《左傳》的否卦只用二三四爻來記錄，那麼它就變成「☶」。我們固然可以從張政烺所主張的讀法，把這個卦讀出艮卦和巽卦，但是我們如何得知它所省略的初、上二爻是陰爻還是陽爻？我們如何能知道還原初、上二爻之後會是否卦？

　　據《七國考》十四《燕瑣徵》引應劭云：「燕昭王作五位之卦，是曰燕易。」〔註21〕五位之卦，目前雖然還沒有被發現，但是在情理上應該是可以存在的。易卦從目前看到的新石器時代雖然已有六爻的卦，但是殷祖丁時代的爵卻是只有三爻，我們似乎可以設想在易卦初起的早期，有三爻卦，有四爻卦，當然也可能有像燕易那樣的五爻卦，以及現在看到六爻卦。從歷史發展來看，我們傾向於易卦應該是先有正卦，無論其為三爻、四爻、五爻或六爻。至於

〔註20〕張政烺，〈論殷虛甲骨文中所見的一種筮卦〉，頁5。
〔註21〕原文出處待考，此據饒宗頤，〈殷代易卦及有關占卜諸問題〉，頁6轉引。

互體應該是易卦發展到一定階段後，如春秋時代或更晚的時期所產生的變化，目的是增加一些解釋的方法罷了。它不應該在易卦起源、發展的早期就出現吧。我們不必把一切的數字卦都朝六爻去想，或許比較符合易卜的發展歷史吧。至於四爻卦要怎麼讀、吉凶如何判斷，在沒其它資料以前，我們只能闕疑不論吧。

六、連山歸藏周易問題

數字卦到底屬於那一種易，學者有些不同的看法。傳統上，《易經》有三《易》之說，《周易‧正義》孔穎達序云：「《周禮‧大卜》三易云：一曰《連山》，二曰《歸藏》，三曰《周易》。……案《世譜》等群書，神農一曰連山氏，亦曰列山氏；黃帝一曰歸藏氏。既連山、歸藏並是代號，則《周易》稱周，取岐陽地名。」張政烺先生以為四盤磨、張家坡、周原的卜骨以及一些金文中所所見的易卦，都是《連山易》：

> 《帝王世紀》：「神農氏……，本起烈山，或時稱之，一號魁隗氏。……重八卦之數，究八八之體，為六十四卦。」四盤磨卜骨……7 的數字變成卦爻是乾坤，下有日魁二字，8 變成卦則是離坎，下有日隗二字。乾坤離坎在八卦中是重要的卦，正倒不變樣，它們配對湊在一起，不是偶然的，不象筮占的結果，而可能是一部書的篇首，被習契的人刻在這裏。魁和隗當是卦名，猶《周易》稱這兩卦為否和未濟。按照古人的習慣，魁和隗列居篇首就有可能成為這部筮書的書名。……《連山》、《歸藏》原是書名，而都曾成為朝代的稱號。參照這個經驗，可以推測是由於有了《魁隗》，歷史上的神農氏才被稱為魁隗氏。《魁隗》是什麼？當是《連山》的異名，猶《歸藏》亦稱《坤乾》。周原甲骨、張家坡卜骨以及一些金文中的易卦，同是周代早期之物，卦爻相似，皆與四盤磨卜骨相合，也就都是《魁隗》，都是《連山》。〔註22〕

徐錫臺先生也以為殷墟四盤磨卜骨有《連山易》的痕跡：

> 此條卜辭〔甲〕下面的「日魁」和另一條卜辭契數〔丙〕下面的

〔註22〕張政烺，〈試釋周初青銅器銘文中的易卦〉，頁 409～410。

「曰隗」，使我聯想到《史記・正義》引《帝王世紀》云：「神農氏，姜姓也，號炎帝，又曰魁隗氏，又曰連山氏，又曰列山氏。」魁隗猶崔嵬，神農氏，連山氏，連山崔巍，故又稱魁隗氏。既然出土的奇偶數圖形畫中，已含有《連山易》的隱　，它比殷《歸藏》、《周易》都要早的。〔註23〕

以上二家之說不知誰先誰後，他們不約而同地以為四盤磨卜骨（易卦表07-09）應是《連山易》，所根據的是四盤磨卜骨的數字卦「十╳十く十く曰🈳」、「十🈳十くくく曰🈳」〔註24〕兩句中「曰」後的這兩個字，唐蘭釋為「曰隗」、「曰𩲃」，以為是氏族名稱，即隗。〔註25〕張政烺先生釋為「曰隗」、「曰魁」；〔註26〕張亞初、劉雨先生不隸定。〔註27〕曹定雲先生經重新拓片，並做摹本之後，認為第一辭應釋為「七八七六七六曰媿」；第三辭最後一字筆畫不清，應存疑，釋為「七五七六六六曰□」。從古文字的立場看，這兩個字根本還是個不識字，因此它代表什麼意思，恐怕還不能確定。但是，可能大家受了唐蘭的影響，不知不覺地朝著「隗」、「魁」的方向去考慮，由此推出這些易卦是《連山易》。

曹定雲先生以為四盤磨卜骨應名之為《歸藏》，不應名為《周易》：

> 第①辭「七八七六七六曰媿」譯成易卦即為「☰曰媿」。「媿」當為卦名。……第②辭……之原卦名因字不清而不能定，但此字鬼旁是無疑的。總之，卜骨上的三個易卦原有自己的卦名。……今四盤磨易卦卜骨是地地道道的殷人卜骨，其時代遠在文王演《周易》之前，卜骨上易卦卦名與《周易》相應之卦的卦名顯然有別，意義也不相近。因此，四盤磨易卦卜骨肯定不是《周易》，以時間和族屬推之，似應為《歸藏》。〔註28〕

徐錫臺先生也以殷墟卜甲「上甲六六六」（易卦表22）及父戊卣「句丗句六六六」（易卦表38）二卦為殷之《歸藏易》：

〔註23〕徐錫臺，〈奇偶數圖形畫及其卦序的探討〉，頁4。
〔註24〕根據管燮初，〈商周甲骨和青銅器上的卦爻辨識〉的摹本。
〔註25〕唐蘭，〈在甲骨金文中所見的一種已經遺失的中國古代文字〉。
〔註26〕張政烺，〈試釋周初青銅器銘文中的易卦〉，頁405。
〔註27〕張亞初、劉雨，〈從商周八卦數字符號談筮法的幾問題〉第160頁卦畫表（一）。
〔註28〕曹定雲，〈殷墟四盤磨易卦卜骨研究〉，頁637～641。

按上甲、父戊是殷商的先公名號，契數﹀是坤，見《六書通》中「坤」字書為「﹀」形。傳說殷商易為《歸藏易》。《歸藏》以坤為首，坤象地，地是藏萬物的地方，故稱《歸藏》。〔註29〕

案：曹徐二家只以卜骨屬殷，或殷易以坤卦為首等現象，就推論某些數字卦是殷代的《歸藏》，這是以有限的材料做了過度的推論。我們可以舉《考古學報》1979年1月〈1969～1977年殷墟西區墓發掘報告〉一文所公佈的一件刻有「五五五」數字卦的商代銅爵來做反證，「五五五」換成易卦應該是乾卦，《周易》以乾卦為卦首，這件銅爵所代表的應該是《周易》。那麼同樣是商代的易卦，到底應該是《歸藏》？還是《周易》？難道商代已經有時代晚於殷商的《周易》？這當然是值得商榷的。

曹定雲先生在〈論安陽殷墟發現的易卦卜甲〉一文中，又以為這一塊在安陽發現，在龜的四足部位刻的易卦是屬於《周易》。他的理由是「九」和「六」是《周易》的重要特徵。〔註30〕我們以為：曹文考證本片卜甲是周人之物，還有相當的可信度，但是只根據「『九』和『六』是《周易》的重要特徵」這樣的條件，就斷定某個數字卦是屬於那一種易，那是很危險的。

于豪亮先生在〈帛書周易〉遺作中以為《馬王堆帛書》的卦名有兩個與《歸藏》有關：

> 需要指出的是，帛書的卦名有兩個與《歸藏》有關。一個是欽卦，帛書的欽卦，通行本是咸卦。《歸藏》也有欽卦，朱彝尊《經義考》云：「欽在恆之前則咸也。」帛書《周》同《歸藏》的咸卦都名為欽卦，應該不是巧合。另一個是林卦，帛書的林卦是通行本的臨卦。《歸藏》有「林禍」，李過《西溪易說》云：「臨為林禍。」帛書《周易》與《歸藏》同一林字，也是顯得兩者有一定的淵源。《漢書‧藝文志》不載《歸藏》，《隋書‧經籍志》云：「《歸藏》漢初已亡，按晉《中經》有之。」孔穎達在《周易正義》中稱之為「偽妄之書」，從此以後，人們都把《歸藏》當作偽書。我們認為《歸藏》不是偽書，因為咸卦又名欽卦，不見於已知的各家《周易》，只見於帛書和

〔註29〕徐錫臺，〈奇偶數圖形畫及其卦序的探討〉，頁6～7。
〔註30〕曹定雲《殷都學刊》1993年4月，〈論安陽殷墟發現的易卦卜甲〉，頁21～22。

《歸藏》，這說明《歸藏》同帛書《周易》有一定的關係，而帛書《周易》漢初已不傳，所以《歸藏》成書，絕不晚於戰國，並不是漢以後的人所能偽造的。〔註31〕

胡平生先生〈阜陽漢簡周易概述〉中也指出：

> 于豪亮先生的文章指出，帛書的卦名「欽」和「林」與《歸藏》有關，並認為《歸藏》不會是偽書。在（阜陽）竹簡卦名中，未見「欽卦」名，但是有「林卦」名，與帛書同，而且又有「僕卦」（通行本「剝卦」）名，也與歸藏有關。〔註32〕

旭昇案：《馬王堆帛書易經》的《欽卦》即是通行本的《咸卦》，《林卦》即是通行本的《臨卦》，學者很容易解釋為這只是因為《馬王堆帛書易經》寫了同音通假字，這在漢初考古出土文獻中很常見，恐怕跟《歸藏》沒有什麼關係。《欽卦》、《林卦》的卦辭、爻辭和通行本《咸卦》、《臨卦》的內容，除了通假字不同之外，並沒有其他的差異。因此只憑著這兩、三個卦名的差異，還不能讓人接受它和《歸藏》有關。

一九九三年湖北江陵縣荊州鎮郢北村發掘了十六座秦漢墓葬，其中第 15 號墓中出土了大批秦簡，其中有一批易占，可辨識卦畫約 50 餘個，所見卦名大多與今本《易》之卦名相同，如人、旅、兌、師、等，也有部分卦名與今本《易》不同，如「離」簡作「麗」，「頤」簡作「臣」（旭昇案：「臣」字據報告，其字實當作「臣」）等。解說之辭與今本《易》的象、爻辭都不相同，多採用古史中的占筮之例。其中涉及的古史人物有黃帝、炎帝、穆天子、共王、武王、夸王、羿等，還有羿射日、武王伐殷之事。〔註33〕連紹名先生指出：《山海經·海外西經》郭璞注引《歸藏鄭母經》有「昔夏后啟筮飛龍而登于天而枚占于皋陶，陶曰吉」，文辭體例與王家台簡同。《太平御覽》卷八十二引《史記》、張華《博物志》卷九；《太平御覽》卷八十二、《文選·鸚鵡賦》注引《歸藏啟筮》；《太平御

〔註31〕《文物》，1984 年 3 月，頁 15。
〔註32〕《簡帛研究》第三期，頁 258。
〔註33〕見〈江陵王家台 15 號秦墓〉，《文物》，1995 年第 1 期，頁 40～41。

覽》卷七十八、八十二、八十五,以及《初學記》卷二十引《歸藏》
也都有類似的例子。《文心雕龍·諸子》引《歸藏》有后羿射日,
嫦娥奔月的內容。這些都可以說明王家台秦簡屬於《歸藏》。《歸
藏》與《周易》的重要區別之一是占筮的方法。〔註34〕

　　李家浩先生〈王家台秦簡易占為歸藏考〉進一步明確指出王家
台秦簡肯定是《歸藏》,其要點如下:(一)秦簡易占卦辭與《歸藏》
卦辭佚文的格式完相同,不同之處只是秦簡易占的「貞卜」、「卜」
和「殳占」,《歸藏》佚文作「筮」和「枚占」而已。(二)秦簡易
占卦辭的內容分別見于《歸藏》卦辭佚文,只是文字略有出入。秦
簡「螽」卦見於《路史·發揮一》引《歸藏》「節」卦佚文(旭昇
案:指內容大略相同,並不代表秦簡「螽」卦即是《歸藏》的「節」
卦),秦簡「節」卦見於《博物志·雜說上》引《歸藏》佚文,秦
簡「同人」卦見於《太平御覽》卷七九引《歸藏》佚文。(三)簡
報所提到的秦簡易占卦辭中的歷史人物「穆天子」和「羿射日之
事」也見於《太平御覽》卷八五、《莊子·大宗師》陸德明釋文及
《山海經·海外東經》郭璞注引《歸藏》佚文。(四)簡本《歸藏》
與傳本《周易》卦名相同,但卦畫卻不同。如簡本《歸藏》的「大
過」的卦畫卻是《周易》「小過」的卦畫,這就改變了過去人們認
為《歸藏》卦名與《周易》相同的,其卦畫也應該相同的這種看法。
(五)《玉函山房輯佚書》引《連山》佚文有兩條跟秦簡易占格式
基本相同,但這兩條佚文是有問題的,不能做為秦簡易占屬於《連
山》的證據。〔註35〕

　　李文引證明確,秦簡易占屬於《歸藏》,已經可以確定。已往學
界懷疑《歸藏》是偽書的看法,也基本得到澄清。至於《連山》的
問題,以目前的資料,似乎還不到解決的時候。

〔註34〕見〈江陵王家台秦簡與歸藏〉,《江漢考古》,1996年第4期。
〔註35〕見〈王家台秦簡易占為歸藏考〉,《傳統文化與現代化》,1997年第1期,頁46～
52。

七、筮短龜長問題

彭浩先生〈包山二號楚墓卜筮和祭禱竹簡的初步研究〉：

> 從包山二號墓竹簡所記載的材料來看，貞問一事的吉凶，有的
> 只筮不卜，有時是卜筮並用。據《周禮・春官・筮人》：「凡國之大
> 事，先筮而後卜。」《左傳》中也有卜筮並用的現象。包山二號墓竹
> 簡中是筮多卜少，在三個年分的貞卜活動中，前兩年中都是以筮來
> 決定吉凶。第三年時，由於墓主人身體每況愈下，才先後四次使用
> 卜——即用龜甲貞問侍王及疾病的前途。為什麼出現筮多卜少的現
> 象？大約有以下幾個方面的原因：一是楚地流行筮；二是當時人們
> 認為「筮短龜長」，貞問一般事情只用筮而不用卜，只有在決定重大
> 事情時才用卜；三是與墓主人生前的地位有一定關係，古籍云：「天
> 子無筮」（《禮記・表記》），是說天子貞問是以卜為主，一般人則依
> 其身份高低而決定用筮或用卜的多少，如邸　君番巾（天星觀一號
> 墓）使用卜的次數就超過左尹邵人（包山二號墓），這種差異，正反
> 映了他們的身份高下。而在一般小墓中卻極少發現卜筮簡，偶而發
> 現幾枚簡則全部都是用筮而不用卜。〔註36〕

案：彭先生這一段話會引起一些誤會。筮短龜長，是周代的一般現象，見《左
傳・僖公四年》：「初，晉獻公欲以驪姬為夫人，卜之，不吉；筮之，吉。公
曰：『從筮。』卜人曰：『筮短龜長，不如從長。』」周人普徧流行筮，應該不
限於楚地。卜筮和身分的關係也不是那麼截然區別的，《詩經・衛風・氓》：
「爾卜爾筮，體無咎言。」其主角的身分只是個平民，但是卜筮並用；《詩經・
小雅・杕杜》：「卜筮偕止，會言近止，征夫邇止！」其主角的職務是征夫，身
分應該是庶人，最多是個士，也是卜筮並用。《詩經・小雅・小宛》：「握粟出
卜，自何能穀？」依《詩序》，其主角的身分是大夫，但是用卜。《禮記・表
記》：「天子無筮。」鄭玄注：「謂征伐、出師、若循巡守也。天子至尊，大率
皆用卜也。」《禮記・表記》原文之後一句緊接著說：「天子道以筮。」鄭玄
注：「始將出，卜之道。有小事，則用筮。」《表記》又說：「昔三代明王皆事
天地之神明，無非卜筮之用。……是故不犯日月，不違卜筮，卜筮不相襲也。」

〔註36〕《包山楚墓》，上冊，頁559。

鄭玄注:「大事則卜,小事則筮。」孔穎達疏:「大事謂征伐、出師及巡守也。」由此看來,天子並非不用筮,只是大事用卜、小事用筮罷了。

　　附記:本文承陳鼓應先生、葉國良先生惠賜卓見,謹此誌謝。

　　又,應補周原甲骨 11:91「六六七七五□」一條。

附一　古文字中的易卦表

　　本表基本上照時代排列,易卦符號部分採橫書。因為在橫書的文本中,直書的空間太窄,如果卦畫採直書,不便閱覽。卦畫儘量依原樣寫,如五字或作「╳」、或作「⊠」,本表都儘量直接呈顯。時代依學者所斷,學者沒有說到的,筆者依相關條件估計。著錄部分儘量列出考古報告,考古報告找不到的,也列出轉引文章。凡是卦畫沒有列出原文的,都是沒有找到原報告,而只能從學者文章轉引的。新補例子,暫不更動前後的序號。

編號	材質	符號	數字畫	卦名	出土地點	時代	著　錄
01	角		三五三三六四	遯	江蘇海安縣青墩	新石器時代	1979 年江蘇海安縣青墩遺址 張政烺 1980,p414
02	角		六二三五三一	大壯	江蘇海安縣青墩	新石器時代	1979 年江蘇海安縣青墩遺址 張政烺 1980,p414〔註37〕
03	卜甲	⟨‖⟨	六一一六	大過		殷武丁	《巴黎所見甲骨錄》24 曹定雲 1994,P51
04	銅爵	╳╳╳	五五五	乾	河南安陽	殷祖甲	《考古學報》1979.1,P128,〈1969～1977 年殷墟西區墓發掘報告〉
05	卜骨	⟨╋╋⟨	六七七六	大過	河南安陽	殷商三期	《續存》1980=《合集》29074,張政烺 1985
06	卜骨	∣⟨╳	十六五	震	河南安陽	殷康丁	《屯南》上冊第二分冊 4352 片,曹定雲 1994〔註38〕

〔註37〕張政烺原釋為歸妹卦,戴師璉璋改釋為大壯卦。
〔註38〕張政烺〈殷虛甲骨文中所見的一種筮卦〉釋為八六五,曹定雲經核驗原骨,以為當

07	甲骨	╋╳╋〈╋〈	七八七六七六曰☑	未濟	河南安陽四盤磨	殷康丁	《中國考古學報》第五冊圖版肆壹‧一〈1950 年春殷墟發掘報告〉唐蘭 1957，P33（無圖）張政烺 1980
08		╳〈〈Ｗ╳╋	八六六五八七	明夷			
09		╋Ｗ╋〈〈〈	七五七六六六曰☑	否			
10	磨石	╋〈〈〈〈╋	七六六六六七	頤	河南安陽苗圃北地	商祖甲至廩康	《考古》1986.2，P118，〈1980～1982 年安陽苗圃北地遺址發報告〉
11		╋〈╳╋〈╋	七六八七六七	賁			
12		〈〈Ｗ╋〈╳	六六五七六八	小過			
13		〈〈╋〈〈╳	六六七六六八	豫			
14		╳｜｜｜〈〈	八一一一六六	咸			
15		╳｜｜｜｜〈	八一一一一六	大過			
16	陶文	╋╋╳〈〈╋	七七八六六七	益	河南安陽	商	《考古》1961.2〈1958～1959 年殷虛發掘簡報〉74 頁圖一二.2（張政烺 1980）
17	陶文	〈〈╋╋╳	六六七六六八六六七六七五	豫之歸妹	河南安陽	商	《考古》1961.2〈1958～1959 年殷虛發掘簡報〉74 頁圖一二.3（張政烺 1980）
18	陶罐	｜╳╳〈｜｜	一八八六一一	損	山東平陰朱家橋九號墓	商末	《考古》1961 年 2 期 93 頁圖九之八
19	陶簋	╋╳〈〈〈╋╋	七八六六七七	損	安陽殷墟	商晚	《考古》1961 年 2 期 63 頁
20	陶簋	╳〈╋〈╋｜	八六七六七一	歸妹	安陽殷墟	商晚	《考古》1961 年 2 期 63 頁
21		〈〈╋〈｜╳	六六七六一八	解			
22	甲骨	〈〈〈	上甲六六六	坤		商晚	《殷墟文字外編》四四八
	甲骨	〈╋╋〈	六七七六				《甲骨文合集》29074
	甲骨	╳╋〈Ｗ	八七六五				《小屯南地甲骨》4352

23	陶爵範	╎╋〈╳〈	一七六七八六	漸	傳安陽小屯出土	商末	《鄴中片羽》二上47，張政烺1980
24		⋈╋╳╋╋	五七六八七七	中孚			
25	父乙盉	╋〈╋〈╋〈	七六七六七六	未濟		商末	日本寧樂美術館藏，《中日歐美澳紐》1125號，張政烺1980
26	父乙鼎	×××	五五五父乙	乾		商末	《陝三》65
27	甗	×××	乍彝五五五	乾		商末	《美國》A134 R205
28	父乙簋	×××	五五五父乙	乾		商末	《恆軒》44
29	父己爵	×××	五五五父己	乾		商末	《貞松》10.8
30	匕己爵	×××	五五五匕己	乾		商末	《愙齋》23.12
31	小臣系卣	×××	王易小臣系易才寢用乍且乙尊，五五五 史	乾		商末	《攈古》二之二，28
32	又史父乙角	×××	史父乙五五五	乾		商末	《攈古》一之三，15
33	且丁斝	×××	五五五且丁	乾		商末	《從古》7.18
34	盉	×××	五五五	乾		商末	《清乙》14.25
35	爵	×××	五五五	乾	安陽殷墟	商末	《河南》214
36	鼎	×××	五五五	乾		商末	《彙編》1721
37	鼎	╳⋈╎	八五一	兌		商末	《沙可樂氏所藏西周青銅禮器》14，張政烺1980
38	句丗父戊卣	〈〈〈	句丗句六六六父戊	坤		商末周初	《錄遺》253 張政烺1980
39	卜甲	⋏〈▢	九六		河南安陽小屯南地	商末周初	《考古》1989.1（256） 肖楠〈安陽殷墟發現易卦卜甲〉1989
40		〈╋╎〈╋⋏	六七一六七九	兌			
41		〈╋╳⋏〈╳	六七八九六八	蹇			
42		╋╋〈╋〈〈	七七六七六六貞吉	漸			

43	卜甲 11.7	⅍十⅍十Ⅻ	八七八七八五	既濟	陝西岐山鳳雛村甲組宮殿房基號西廂房一號窖穴	商末至周初	《文物》1979.10 徐錫臺 1979
44	卜甲 11.81	十＜＜十＜＜	七六六七六六	艮			
45	卜甲 11.85	十＜＜十Ⅰ⅍ 曰其　魚	七六六七一八	蠱			
46	11.90 號 卜甲	囗⅍＜十十Ⅰ	囗八六七七一				
47	11.91 號 卜甲	＜＜十十Ⅰ⅍	六六七七一八	恆			
48	11.155 號 卜甲	囗＜＜	六六				
49	卜甲 11.177	十＜⅍＜十⅍	七六八六七六	蒙			
50	11.180 號 卜甲	Ⅰ⅓⅍囗	一五八				
51	11:235 號 卜甲	＜＜Ⅰ	六六十	坤			《西周甲骨探論》 圖 160 曹定雲 1994
52	陶紡輪	＜＜Ⅻ＜＜⅍	六六五六六八	豫	陝西西安豐鎬遺址	周初文武	《灃西發掘報告》 88～89 頁 曹定雲 1994
53	甲骨	＜⅍ⅠⅠⅫⅠ	六八一一五一	大壯	陝西長安張家坡	周初	《文物參考資料》 1956.3，p40，58 唐蘭 1957，P33（圖一） 徐錫臺 1979 張政烺 1980
54		ⅫⅠⅠ＜⅍Ⅰ	五一一六八一	雷妄			
55	甲骨	＜＜⅍ⅠⅠ＜	六六八一一六	升	陝西西安鎬遺址（張家坡）	周初	《考古學報》 1957.2，P34～36 唐蘭 1957，P33（圖一），徐錫臺 1979，張政烺 1980
56		Ⅰ＜＜＜＜Ⅰ	一六六六六一	頤			
57	甲骨	ⅠⅠ＜ⅠⅠⅠ	一一六一一一	小畜	張家坡西周遺址	周初	《灃西發掘報告》 111 頁圖 70 張政烺 1980

58	骨鏃	⋈||	五一一	乾	張家坡西周遺址	周初	《灃西挖掘報告》92 頁圖六〇，13，15。張政烺 1980
59		|⟨|	一六一	離			
60	卜骨正	|⟨⟨|⟨⋈	一六一六六八	晉	陝西扶風縣齊家村六號卜骨	周初	《文物》1981.5，P5 徐錫臺《周原甲骨綜述》124 頁 饒宗頤 1983 案：這是十二個爻連續書寫的卦，所以和《筮法》的應該不同。
61	卜骨反	⟨⋈⋈|⋈⋈ ⋈|||⟨⋈	六八八一八六九一一一六五	謙之同人			
62		⟨⋈|||⋈ ⋈⋈⟨⟨⟨⟨	六八一一一八八八六六六六	恆之坤			
63		|⋈⟨⋈⋈⋈ ⟨⋈||||	一八六八五五六八一一一一	損之泰			
64	召卣	⟨|⋈⟨|| (倒文)鹽	六一八六一一	節		周初	《貞續》中 13。唐蘭 1957，P33。張政烺 1980。若依倒文作一一六八一六則為渙卦
65	效父簋	⋈⋈⟨	休王易效父三，用乍　寶尊彝五八六	艮		周初	《懷米》上 22 唐蘭 1957，P33 張政烺 1980
66	中齋	╋⋈⟨⟨⟨⟨ ⋈╋⟨⟨⟨⟨	隹十又三月庚寅王才寒㒼王令大吏兄㠱土王曰中絲人入史易于球王乍臣今兄界女土乍乃采中對王休令鬺父乙尊隹臣尚中臣七八六六六六八七六六六六	剝之比	傳湖北麻城出土	周初	薛尚功《歷代鐘鼎彝器款識》10.3 唐蘭 1957，P33 張政烺 1980 02785（中方鼎）
67	董伯簋	⋈⋈|	董伯作旅　彝八五一	兌			《從古》7.6。唐蘭 1957，P33。張政烺 1980
68	史斿父鼎	╋⋈⋈	史斿父乍寶尊彝貞（鼎）七五八	巽		周初	《綴遺》4.13（中斿父鼎）。唐蘭 1957，P33。張政烺 1980
69	盤	⋈|⟨	八一六	坎		周初	《續殷存》下 74。《美國》R 520。張政烺 1980
70	鼎	⋈⋈⟨⋈	八八六八	坤		周初	《續殷存》上 7。張政烺 1980

71	召仲卣	＋州＜＜＜＋	七五六六六七中	益		周初	西清 15.33
72	甗	＜＜｜＜＜｜	六六一六六一	震	鳳雛村	周初	陝西出土青銅器（三）。張政烺 1980
73	銅戈	｜＜｜	一六一	離	洛陽市北窯	西周	徐錫臺〈奇偶數圖形畫及其卦序的探討〉13 頁
74	陶罐	｜｜｜｜｜｜	一一一一一一	乾	陝西淳化縣石橋鄉石橋鎮	西周	文博 1990.3（36），P55～57 李學勤 1990 徐錫臺 1994
75		＜｜｜Ｘ｜｜	六一一五一一	夬			
76		｜＜｜｜｜｜	一六一一一一	大有			
77		｜｜｜＜ﾍﾍ	一一一六八八	否			
78		｜｜＜｜ﾍＸ	一一六一八五	家人			
79		｜ﾍ｜＜｜｜	一八一六一一	睽			
80		ﾍ｜｜ﾍ｜＜	八一一八一六 六八五六一八	遇困之解			
81		｜ﾍﾍ｜｜｜	一八八一一一	大畜			
82		｜｜＜ﾍﾍ｜	一一六八八一	益			
83	盤	＜＜｜｜＜｜	六六一一六一	豐		西周晚	《陶齋》3.39。張政烺 1980
84	琥	＜＋＋｜｜｜	六七七一一一	夬		西周	《薛氏》17.192。張政烺 1980
85	竹簡		一六一六六一 九一一一一一	噬嗑之乾	湖北江陵天星觀	戰國	《文物》1978.8（出處有誤）《中國哲學》第 14 輯，張政烺 1988
86	竹簡		一一一一一六 六六一六一六	姤之解			
87	竹簡		一一一六七六 八一一一六六	訟之咸			
88	竹簡		一六六六六六 六六六六六六	剝之坤			
89	竹簡		一六六六六六 一六六六六六	剝之剝			
90	包山簡 201	＜＜｜＜ﾍﾍ ＜｜｜＜｜	六六一六八六 六一一六一一	豫之兌	湖北荊門包山二號楚	戰國中晚期	《包山楚墓》下圖版一七九［註39］

［註39］《包山楚簡》以為本卦全由一、六組成，參第54頁，注372。

91	包山簡210	（卦符）	一六六八一一 六六六八一一	臨之損	墓		《包山楚墓》下圖版一八三
92	包山簡229	（卦符）	一六六一一六 一六五八六六	剝之蠱			《包山楚墓》下圖版一九一〔註40〕
93	包山簡232	（卦符）	六一一六六六 一六一一六一	隨之離			《包山楚墓》下圖版一一九二
94	包山簡239	（卦符）	一六六八六一 一一一六六一	亡妄之頤			《包山楚墓》下圖版一九五
95	包山簡245	（卦符）	六六一一一八 八一六一一一	需之恆			《包山楚墓》下圖版一九七
96	陶罐		一八七一八九	離	四川理番縣版岩墓葬	秦漢	鄭德坤《四川古代文化史》58頁，據張1980，415頁引
97	陶罐		一六十	艮	四川理番縣版岩墓葬	漢	鄭德坤《四川古代文化史》58頁，據張1980，415頁引
98-161	漢帛			自鍵至益	馬王堆	西漢	六十四卦俱全，以一與八構成
162	漢簡	（卦符）	一八一一一一	大有	安徽阜陽雙古堆	西漢	《文物》1983.2。張政烺1984釋「一八一一八八」為「一八一一八一」，作離卦。此從胡平生1998釋賁。
163	漢簡	（卦符）	八八八八一一	臨			
164	漢簡	（卦符）	一八一一八八	賁			

附二　參考書目（金文著錄簡稱依《金文總集》，此不贅列）

1. 中國社會科學院考古研究所安陽隊，1980～1982年安陽苗圃北地遺址發報告，《考古》1986年2月。
2. 文物局古文獻研究室・安徽省阜陽地區博物館，1983年，阜陽漢簡簡介，《文物》，1983年2月。
3. 安徽省文物工作隊・阜陽地區博物館・阜陽縣文化局，1978阜陽雙古堆西漢如陰侯墓發掘簡報，《文物》，1978年8月。
4. 李家浩，1997年，王家台秦簡易占為歸藏考，傳統文化與現代化1997年第1期。

〔註40〕「一六六一一八」，似當釋為「一九六一一八」，但是簡文不夠清楚，存此以待考。

5. 李學勤，1956 年，談安陽小屯以外出土的有字甲骨，《文物參考資料》1956 年 11 月。

6. 李學勤，1981 年，西周甲骨的幾點研究，《文物》1981 年 9 月。

7. 李學勤，1989 年，竹簡卜辭與商周甲骨，《鄭州大學學報》1989 年 2 月。

8. 李學勤，1990 年，西周筮數陶罐的研究，《人文雜誌》1990 年 6 月。

9. 李學勤，1992 年，《周易經傳溯源》，長春出版社。

10. 肖楠，1989 年，安陽殷墟發現易卦卜甲，《考古》1989 年 1 月（256）。

11. 社科院考古所，1986 年，1980～1982 年安陽苗圃北地遺址發報告，《考古》1986 年 2 月。

12. 社科院考古所安陽工作隊，1979 年，〈1969～1977 年殷墟西區墓發掘報告〉，《考古學報》1979 年 1 月。

13. 姚生民，1990 年，淳化縣發現西周易卦符號文字陶罐，《文博》1990 年 3 月（36）。

14. 胡平生，1998 年，《阜陽漢簡·周易》概述，《簡帛研究》第 3 期（1998 年 12 月）。

15. 唐蘭，1957，在甲骨金文中所見的一種已經遺失的中國古代文字，《考古學報》1957 年第 2 期。

16. 徐中舒，1983 年，數占法與《周易》的八卦，《古文字研究》第十輯。

17. 徐錫臺，1980 年，西周卦畫試說——周原卜甲上卦畫初探，《中國哲學》第三輯。

18. 徐錫臺，1986 年，《周易縱橫錄》，湖北人民出版社。

19. 徐錫臺，1987 年，《周原甲骨文綜述》，三秦出版社。

20. 徐錫臺，1987 年，周原甲骨文中的數字卦，《周原甲骨文綜述》，三秦出版社。

21. 徐錫臺，1990 年，奇偶數與圖形畫——釋四位奇偶數和四位（包括五位）陰陽符號排列組合成的圖形畫，《周易研究》1990 年 1 月。

22. 徐錫臺，1994 年，淳化出土西周陶罐刻劃奇偶數圖形畫研討，《考古與文物》1994 年 1 月。

23. 徐錫臺，1995 年，奇偶數圖形畫及其卦序的探討，《第二屆國際中國古文字學研討會論文集》續編（香港中文大學）。

24. 徐錫臺·樓宇棟，1979 年，西周卦畫探源，《中國考古學會第一屆年會論文集》（文物）。

25. 晁福林，1995 年，西周易卦與筮法初探，周易研究 1995 年 3 月（25）。

26. 荊州地區博物館，1995 年，江陵王家台 15 號秦墓，文物 1995 年第 1 期。

27. 陝西文管會，1956 年，長安張家坡村西遺址的重要發現，《文物參考資料》3 期。

28. 高亨，1977 年，《周易古經通說》，洪氏出版社翻印。

29. 張亞初·劉雨，1981 年，從商周八卦數字符號談筮法的幾個問題，《考古》1981 年 2 月。

30. 張政烺，1980 年，試釋周初青銅器銘文的易卦，《考古學報》1980 年 4 月。

31. 張政烺，1984 年，帛書六十四卦跋，《文物》1984 年 3 月。

32. 張政烺，1985 年，殷墟甲骨文所見的一種筮卦，《文史》第 24 輯。

33. 張政烺，1988 年，易辨：近幾年我用考古材料研究周易的綜述，《中國哲學》十四輯。

34. 曹定雲，1989 年，殷墟四盤磨易卦卜骨研究，《考古》1989 年 7 月（262）。

35. 曹定雲，1993 年，論安陽殷墟發現的易卦卜甲，《殷都學刊》1993 年 4 月。

36. 曹定雲，1994 年，新發現的殷周易卦及其意義，《考古與文物》1994 年 1 月。

37. 許學仁，1993 年，戰國楚墓「卜筮」類竹簡所見「數字卦」，《中國文字》新 17「董作賓先生百歲誕辰紀念特刊」（美國藝文印書館）。

38. 連劭名，1986 年，望山楚簡中的習卜，《江漢論壇》1986 年 11 月。

39. 連紹名，1996 年，江陵王家台秦簡與歸藏，江漢考古 1996 年第 4 期。

40. 郭沫若，1972 年，古代文字之辨證的發展，《考古學報》1972 年 3 期。

41. 郭沫若，1982 年，《青銅器時代》，人民出版社（郭沫若全集·歷史編 1 卷）。

42. 陳全方，1984 年，周原新出卜甲研究，《人文雜誌》叢刊第二輯《西周史研究》，1984 年 8 月。

43. 湖北省荊沙鐵路考古隊，1991 年，《包山楚墓》，文物出版社。

44. 湖北省荊沙鐵路考古隊，1991 年，《包山楚簡》，文物出版社。

45. 載璉璋，1988 年，出土文物對易學研究的貢獻，《國文天地》1988 年 2 月。

46. 管燮初，1981 年，商周甲骨和青銅器上的卦爻辨識，《古文字研究》第六輯。

47. 管燮初，1981 年，數字易卦探討兩則，《考古》1981 年 2 月（281）。

48. 管燮初，1981 年，《西周金文語法研究》，商務印書館。

49. 劉鈺，1987 年，關於易經卦畫起源問題之研究，《周易研究論文集》第一輯。

50. 劉大鈞，1991 年，《大易集成》，文化出版社。

51. 編委會，1979 年，吉林大學古文字學術討論會紀要，《古文字研究》第一輯。

52. 鄭若葵，1986 年，安陽苗圃北地新發現的刻數石器及相關問題，《文物》1986 年 2 月。

53. 謝雲飛，1992 年，原始文字及其中的一些數字組，《第三屆中國文字學國際學術研討會論文集》（新莊·輔大）。

54. 饒宗頤，1983 年，殷代易卦及有關占卜諸問題，《文史》第二十輯。

55. 劉大鈞主編，《象數易學研究》第三輯，四川巴蜀書社，2003 年 3 月。

中國經學研究會第一屆國際學術研討會——《周易》《左傳》國際學術研討會，台大中文系·中研院文學哲學研究所·中國經學研究會 1999 年 5 月 8～9 日。校稿時內容略作調整，題目則加了「（數字卦）」五字。

易經占筮性質辨說

　　《易經》一書成於周初。本來是卜官占筮的依據，自從孔子拿它來教授門徒、研發義理之後，《易經》就逐漸脫去占筮的色彩。但是，由於棄占筮而談義理的結果，使得《易經》的文辭常常遭到誤解，這種情形從孔門後學所作的彖、象開始錯起（見本文第二節《易既濟》卦辭「亨」釋誤），漢朝以後，易學家有所謂「二派六宗」，他們或從象數著眼，或從義理立說，都有很高明的見解，然而他們對《易經》文辭的解釋往往「牽合委曲、偏主一事」，不是《易經》的原義，因此所得的結論也只是一家之言。本文遵循朱子《易本義》的看法，透過對《易經》文辭的分析、周代文獻中使用《易經》的記錄的考察，以及商周之際卜筮思想的發展，以闡明易經本是占筮之書，並希望經由此一認定，能對《易》學的發展提供一些淺薄的意見。

一、《易經》本質探討的重要

　　《易經》本是占筮之書，由太卜掌管，及孔子以六藝授徒，推天道以明人事、化腐朽而為神奇，才使《易經》由專講吉凶悔吝的占筮之書，一躍而為儒家崇德廣業、研幾極深的護理之書。如果《易經》在孔子之前——無論是伏羲、文王，或周公——就已經具備了義理的功能；或在孔子之後——無論是戰國末年、或西漢初年——才發展出義理的功能，那都將大大的貶損了孔子在中國文化史上開創性的偉大地位，朱熹說：

《易》是卜筮之書，古者則藏於太史、太卜，以占吉凶，亦未有許多說話、及孔子始取而敷繹為《文言》、《雜卦》、《彖》、《象》之類，乃說出道理來。（《朱文公易說》卷二十一）

朱子作《詩集傳》，刊落《詩序》，還原了《詩經》的風謠面貌；又作《易本義》，力排眾說，還原了《易經》的占筮面貌，都可說是真知灼見，獨具隻眼。這一層意義，《四庫全書總目》也說得很清楚：

聖人覺世牖民，大抵因事以寓教：《詩》寓於風謠，《禮》寓於節文，《尚書》、《春秋》寓於史，而《易》則寓於卜筮。（《四庫全書總目》卷一《易類總論》）

孔子從《詩》的風謠中抽繹出「興、觀、羣、怨」等道德意義，從《禮》的節文中抽繹出「恭儉莊敬」的禮教，從《尚書》的文誥中抽繹出「疏通知遠」的書教，從《春秋》的史事中抽繹出「君君、臣臣、父父、子子」的政治倫理，從《易》的卜筮中抽繹出「窮神知化」的修身準則，並把這些前人未能注意到的人文精神傳之門徒，使周文化的特質——人文精神，經由儒家學說的確立，影響了二千餘年來中國的讀書人，自天子王侯，中國言六藝者，無不折衷於夫子，並使中國文化由殷人的「好鬼事神」中澈底解放出來，發展成一套與西方迥異其趣的人本文化，這種貢獻是多麼的偉大呀！在《五經》當中，易經占筮功能的轉變最足以呈顯出此一解放的偉大，因此，《易經》基本性質的探討將是本文的主要目的。以下本文將透過：（1）《易經》本身的結構、（2）先秦文獻中所呈現的《易經》功能、（3）卜筮的源流及其價值，來達成此一目的，並使孔子對《易》學的貢獻能得到一個比較準確的評估。

二、從《易經》本身的結構來探討

《易經》是占筮之書，這是由《易經》的經文就可以很容易判定的，朱子說：

《易》爻辭如籤辭。（《朱文公易說》卷十八）

這本來是一個很明白的事實，但是由於今本《易經》的經傳錯雜，加上《易經》、《易傳》的作者不明，使得這一問題變得非常複雜，因此本文要就經傳問題、作者問題作一番釐清的工作。

依照孔穎達《周易正義》序的區分，六十四卦及《卦辭》、《爻辭》，這是《易經》的「經」，《上彖》、《下彖》、《上象》、《下象》、《上繫辭》、《下繫辭》、《文言》、《說卦》、《序卦》、《雜卦》，這是《易經》的「傳」。漢初，《易經》本來是經傳分行的，《漢書儒林傳說》：

> 費直長於卦望，無章句，徒以《彖象繫辭》十篇《文言》解說
>
> 上、下經。

把《彖象繫辭》和上、下經分開敘述，可見得漢初《易經》、《易傳》各本，區別甚明。東漢末年，鄭玄為《易經》作注，才開始把《彖傳》、《象傳》分別附到經文各卦之下，《三國志魏書三少帝紀》說：

> 帝又問曰：「孔子作《彖象》。鄭玄作注，雖聖賢不同，其所釋經
>
> 義一也。今《彖象》不與經文相連，而注連之何也？」

由這段記載我們可以知道，三國時三少帝所見的《易經》還是經傳分行的，只有鄭《注》本合《彖象》於經。後來王弼注《易》，又把《文言》附在《乾坤》二卦之下，使得經傳的區分更為模糊。唐孔穎達《周易正義》采用王弼《注》本，這就是目前一般通行的經傳不分的《易經》。

經傳之分在經學史、思想史上都是很重要的，經是孔子教授門徒的教材，它的著成時代在孔子之前；傳是孔門弟子敷衍師說之作，它的著成時代在孔子以後。經和傳有著不同的時代和作者，因此二者的內容和思想也不盡相同，《春秋》三傳所敘述的經義常常互相牴牾，《易經》十翼所包含的思想也極為駁雜，因此經和傳在審慎的行文中，是應該予以嚴格區分的。本文主張《易經》是占筮之書，只是針對《易經》而言，不包含《易傳》。

影響《易經》性質的第二個問題是《易經》、《傳》的作者及著成年代，現存有關這個問題的資料中，可信的不多，根據《易繫辭》的記載，有關《易經》部份的資料只有三條：

> （1）古者包犧氏之王天下也，仰則觀源於天，俯則觀法於地，
>
> 觀鳥獸之文，與地之宜，近取諸身、遠取諸物，於是始作
>
> 八卦。
>
> （2）《易》之興也，其於中古乎？作《易》者其有憂患乎？
>
> （3）《易》之興也，其當殷之末世耶？當文王與紂之事耶？

　　《易繫辭》只說明了八卦是伏犧氏作的（因此重卦之人不是伏犧），易（應該包括六十四卦及卦、爻辭）興起於殷末周初，作易者大概有憂患，易大概和文王與紂之事有關（作易者是誰仍不知道）。此外，《易繫辭》所說的「聖人設卦」、說卦傳所說的「聖人作易」，都是泛說，不能確指聖人是誰。漢朝以後，司馬遷說文王重卦（見《史記周本紀》），馬融說《卦辭》文王作、《爻辭》周公作，和易繫辭之說大致吻合。雖然仍有很多疑竇無法解釋，但是在沒有證據能推翻他們的說法之前，我們應該暫時相信司馬遷、馬融的說法是有師承的。

　　《易》傳的作者及著成時代也很難獲得一致的結論，根據《論語》及《易傳》，我們可以歸納出以下幾個原則性的結論：

　　（1）孔子曾經學《易》。《論語述而篇》：「子曰：『加我數年，五十以學《易》，可以無大過矣！』」這是孔子自道曾經學《易》的明證，「五十以學《易》」和《論語為政篇》的「五十而知天命」在人生境界上是互相吻合的，有趣的是，「可以無大過矣」中的「大過」恰好是《易經》中的一個卦名，這種高明的文學技巧是孔子最擅長的本領之一。例如孔子在談論《詩經》時說：「《詩》三百，一言以蔽之，曰：思無邪！」（《論語為政篇》）其中「思無邪」三個字恰好是《詩經魯頌駉》中的一個句子，因此我們可以相信孔子五十學《易》這一段記載。錢玄同等學者根據《經典釋文》的識音，把這一段話讀成「加我數年，五十以學，亦可以無大過矣！」從而證明孔子不曾學《易》，那是對《經典釋文》的誤解誤用，不足采信。《論語子路篇》又說：「子曰：南人有言：『人而無恒，不可以為巫醫。』善夫！『不恒其德，或承之羞』，子曰：不占而已矣！」這一段話中的「不恒其德，或承之羞」是《易經》恒卦九三的爻辭，孔子引它來說明有恒的重要，可見孔子確實學過《易經》。

　　（2）似孔子曾經傳《易》。錢穆先生在《先秦諸子繫年》孔子五十學易辨一文中以為孔子實未傳《易》。案《易傳》中多引孔子的言論，《易繫辭》有二十四個子曰、《文言傳》有六個子曰，照儒家典籍的慣例，這是孔門後學引述孔子言論的慣用型式，我們沒有理由懷疑它，除非它是偽書。《莊子天運篇》、《禮記經解篇》的六經都包

括《易經》，孔子以六藝授人，先儒從無異說，我們不能以《易經》的傳授源流不夠明確，就認為孔子實未傳《易》。何況《左傳》、《國語》、《荀子》、《呂氏春秋》、《大戴禮》、《小戴禮》都曾引用《易經》（見本文第三節），如果《易經》沒有經過孔子的詮釋與傳授，很難令人相信它會在儒家典籍中被大量的引述。

（３）孔子未曾贊《易》。《史記孔子世家》說：「孔子晚而喜《易》，序彖繫辭說卦文言。」這一段話中「序彖繫辭說卦文書」八個字非常費解，所以崔適《史記探源》以為這是後人竄入的文字，當刪。今案《易繫辭》、文言中有「子曰」等字，已足以證明它們不是孔子所作，《說卦》、《序卦》、《雜卦》三篇繁衍叢脞，更不是孔子所作。所以梁啟超在古書真偽及其年代中說：「吾人應將《畫卦》歸之上古，《重卦》及《卦辭》、《爻辭》歸之周初，《彖辭》、《象辭》暫歸之孔子，《繫辭》、《文言》歸之戰國末年，《說卦》、《序卦》、《雜卦》歸之戰國、秦漢之間。」我以為與其證據不足，把《彖》、《象》暫歸孔子作，不如信守《論語述而篇》孔子自稱「述而不作」的旨意，把《彖》、《象》的內容視為孔子所述，經由門弟子所記，而在戰國初年成書，與《論語》成書情形相類似。況且梁啟超把《彖》、《象》暫歸孔子作的理由只是「歷來皆以《彖》、《象》為孔子所作，現無有力之反證，且《彖》、《象》之語皆甚簡單古拙，與《論語》相似，其意義亦不與《論語》衝突，陰陽與玄學之語亦甚少（下略）」，這實在是個很勉強的理由。我以為《彖》、《象》雖然文辭簡單古拙，與《論語》相似，但其中卻有一些錯誤，這些錯誤可能是出於孔門後學的誤解，因此《彖》、《象》不應該是孔子所作，如：

遯亨，小利貞。《彖》曰：遯亨，遯而亨也，剛當位而應，與時行也。小利貞，浸而長也，遯之時義大矣哉！

既濟：亨小，利貞。初吉，終亂。《彖》曰：既濟亨小者，亨也。利貞，剛柔正而位當也。初吉，柔得中也。終止則亂，其道既窮也。

未濟：亨。小狐汔濟，濡其尾，無攸利。《彖》曰：未濟亨，柔得中也。小狐汔濟，未出中也。濡其尾，無攸利，不續終也，雖不當位，剛柔應也。

這三段經文排列在一起，任何一個稍為細心的讀者都可以看出其中有點問題。同樣是「亨小利貞」，如果《遯》卦讀成「亨，小利貞」，那麼《既濟》卦就不該讀成「亨小，利貞」。《易經》中有「元亨」，有「小亨」，它們的文法都是副詞在形容詞之上，「亨小」的詞序卻剛好相反，這和《易經》的文法習慣不合，不成詞句。其次，我們如果承認「亨小，利貞」，那麼和《既濟》卦對反的《未濟》卦也應該讀成「小亨，狐汔濟」才對（《易經》對反二卦在文句上常有某種程度的關連，如：乾——元亨，利貞。坤——元亨，利牝馬之貞。二卦互為對反，卦辭也相當接近，全書此例甚多。），《遯》、《既濟》、《未濟》三卦的卦辭斷句至少有一卦是錯的，可是它們都是根據《彖傳》來斷的句，究竟錯在那裏呢？對這個問題，歷代的易學家多半站在篤信《彖傳》的立場，為「亨小」曲意廻護，只有少數學者提出了他們的疑問，如：

孔穎達：「具足為文，（《既濟》下）當更有一小字，但既疊經文，略足以見，故從省也。」（《周易》正義既濟疏）

朱熹：「濟下疑脫小字。」（《易本義注》）

郭雍：「既濟亨小者，小為衍字，蓋緣未濟亨之下有小字，故亦誤書於此。又孔子彖言小者亨也，因此遂不能去。六十四卦無亨小之義。」（陳隆山大易集義粹言卷六十七引）

以上三家都從省文、奪文、衍文來解釋，我們從三卦卦辭和《彖傳》文字一致的情況中看不出有省、奪、衍文的可能，因此他們的解釋也不能令人滿意。依我的看法，這分明是《彖傳》的作者誤讀了《既濟》卦，正確的斷句應該是：

既濟：亨，小利貞。初吉，終亂。

由於過份在義理上泥求，使得彖傳作者斷出了「亨小」這一怪異的文詞，後人誤以為《彖傳》是孔子作的，因此想盡理由為「亨小」找解釋，二千年來，竟然沒有人敢說《彖傳》錯了，真是令人浩歎！《彖》、《象》不是孔子作的，這應該是一個很有說服力的證據。

以上我們肯定了《易經》的著成和孔子無關，則《易經》和占筮的關係自是孔子以前的當然現象；肯定了《易傳》的思想出於孔子而寫定於孔門後學，則《易經》和義理的關係當是由孔子所開創，對《易傳》的內容也可以存精汰

粗，細加抉擇。以下，本文先由《易經》文句的結構來說明它和卜筮的關係。

《易經》卦、《爻辭》的文句乍看之下非常複雜，實際上它們只是由以下三部份組成的：總論全卦吉凶的斷辭、分敘單項事物吉凶的斷辭、敘事。六十四卦的《卦辭》和三百八十四爻的爻辭都不外是這三部份的排列增減，如：

> 乾：元亨。利貞。（總斷──分斷）

> 小畜：亨。密雲不雨，自我西郊。（總斷──敘事）

> 晉：康侯用錫馬蕃庶，晝日三接。（敘事）

> 渙：亨。王假有廟。利涉大川。利貞。（總斷──敘事──分斷
> ──分斷）

《易經》卦、《爻辭》中的斷辭，一般人都能看得出它是占筮之辭，但是《卦》、《爻辭》中的敘事就很費解了，朱子說：

> 「《易》本是卜筮之書，故先生設官，掌於太卜，而不列於學校。
> 學校所教，《詩》、《書》、《禮》而已。至孔子乃於其其中推出所以設
> 卦、觀象、繫辭之旨，而因以識夫吉凶、進退、存亡之道。蓋聖人
> 當時已曉卜筮之法與其詞意所在（如說田狩即實是田狩、說祭祀即
> 是祭祀，征伐即是征伐，昏媾皆然，非譬喻也），故就其間推此理耳。
> 若在今日，則已不得其法，又不曉其詞，而暗中摸索，妄起私意，
> 竊恐便有聖賢復生，亦未易通。」（朱文公易說卷十八）

朱子這一段話說得非常精要，我們雖不敢完全同意《易經》中的敘事一定沒有譬喻的可能（《爻辭》中很有此可能），但是《易經》敘事完全根據當時的實事，這是可以相信的。民國以來，古史的研究日益發達，甲骨文的出土為商史提供了許多最可靠的資料，《易經》中的史實也日漸明白，例如師卦六五爻辭：

> 長子帥師，弟子輿尸，貞凶。

這一段話歷來都泛泛說過，不得確解。《史記》上說，武王為文王木主，載以車，中軍，武王自稱太子發，言奉文王以發，不敢自專也。「長子帥師」便是武王自稱太子發，帥師伐紂，「弟子輿尸」便是載文王木主，爾雅：「尸，主也。」可見得師卦是卜武王伐紂之事，《楚辭》天問：「武王殺紂何所揖？載

尸集戰何所急？」用的也是載「尸」。又王充論衡《卜筮篇》說：「武王伐紂，卜筮之，逆，占曰：大凶。太公推蓍蹈龜而曰：枯骨死草，何知而凶矣！」可見武王伐紂時本有占到凶卦的史實，師卦便是此一史實的記錄。（以上本錢穆先生《易經研究》之說）

目前《易經》中能夠確定的商周史事有：王亥喪牛羊於有易、高宗伐鬼方、帝乙歸妹、箕子明夷、武王伐紂、康侯用錫馬蕃庶。將來我們對商周古史了解得越多，越能明白敘事在《易筮》中的真正作用。

《易經》文句的占筮作用不易明瞭的另一個原因是《易經》文字過於簡古，許多文句的意義到現在還弄不清楚，歷來學者對這些文句各逞臆說，使《易經》的原貌更加湮沒不彰。前面已舉過「亨小」的例子，底下再舉一例：「元亨利貞」四個字，歷來都認為是四個斷辭，《易乾卦文言》說：「元者善之長也，亨者嘉之會也，利者義之和也，貞者事之幹也。」尤其斬鐵截釘。可是通過文法學的比較分析後，我們將會發現「元亨利貞」只是兩個斷辭，茲證明如下：

（1）元亨就是大亨的意思。

元在甲骨文中作「𣎴」，本義是「首也」，由首可以引伸有大的意思。《尚書大禹謨》：「汝終陟元后。」傳：「元，大也。」《金縢》：「命于元龜。」《馬注》：「元龜，大龜也。」可見得把元解釋作大，在周代是很常見的用法。

《易下經》：「升：元亨。用見大人，勿恤。南征吉。《彖》曰：柔以升時，巽而順，剛中而應，是以『大亨』。用見大人，勿恤，有慶也。南征吉，志行也。」很顯然地，升卦彖傳以「大亨」來解釋卦辭中的「元亨」，這是《易經》「元亨」意為「大亨」最有力的證據。

《易經》有「元亨」（大亨），也有小亨，大小對待，可見「亨」上面的「元」、「小」只是副詞，不是斷辭，如：

旅：小亨。旅貞吉。

巽：小亨。利有攸往。利見大人。

與「元亨」文法結構相同的還有「元吉」，也是副詞「元」修飾斷辭「吉」，這個詞《易經》中很多，不勞舉例。遍查全經，元沒有單獨當斷辭用的，可見得元亨只能是一個斷辭。

（2）利貞就是利於貞問的意思。

貞，甲骨文假借「鼎」，周原甲骨作𣅜，從卜鼎。《說文解字》：「貞，卜問也，從卜貝，貝以為贄。」卜問是貞的本義，《易師卦彖辭》：「貞，正也。」那是後起義，不適用於《易經》。

貞是動詞，所以底下可以有受詞，如：

> 貞疾（豫六五爻辭）
>
> 貞大人，吉（《困卦辭》）
>
> 貞婦人吉，夫子凶（《恒六五爻辭》）

貞上面也可以有主詞，如：

> 女子貞，不字（《屯六二爻辭》）
>
> 幽人貞，吉（《履九二爻辭》）
>
> 婦人貞，吉（《恒六五象》）

由於貞問本身無吉凶，但是貞問的結果卻有吉凶，因此貞下面的斷辭有很多種，吉凶各異，如：

> 小貞，吉；大貞，凶（《屯九五爻辭》）
>
> 弟子輿尸，貞凶（《師六五爻辭》）
>
> 婦貞，厲（《小畜上九爻辭》）
>
> 貞吝（《恒九三爻辭》）

《易經》中有「利貞」，也有「不利貞」，如：

> 不利君子貞（《否卦辭》）
>
> 不可貞（《蠱九二爻辭》）
>
> 小利貞（《遯卦辭》）

以上這些句子，把貞解釋作「卜問」，無不文從字順；解釋作「正也」，立刻窒礙難通，可見利貞也只能是一個斷辭。（以上貞字略本錢穆先生《易經研究》之說）《易經》中類似「元亨利貞」這種被人誤讀誤解的句子很多，這些文字障不解決，《易經》的廬山真面目永遠無法看清。

由以上的敘述我們可以得知《易經》的《卦爻辭》仍保留著筮辭的形式，

將來殷周古史、《周易》古詞完全研究明白之後，必然能證明朱子「易爻辭如籤辭」一說的真知灼見。

三、從先秦文獻中所呈現的《易經》功能來探討

由於《易經》本來是占筮之書，因此我們在孔子以前的周代文獻中找不到任何引用《易經》的文字，但是文獻中用到「筮」的卻很多，歷代注疏家都一致認為是「以蓍問吉凶於易」，因此由筮的運作，我們可以追察出孔子以前《易經》的實際功能只是占筮，此外別無他用。自孔子之後，易的占筮功能雖仍繼續著，但學者著述中已開始引用《易經》以闡明義理，而且斷章引《易》，不合原意的情形也逐漸多了起來（這和孔子以後引《詩》「斷章取義」的發展完全一樣），由這些文獻的記載，我們可以很容易地看出《易經》的功能由占筮而義理，由一元而多元的軌迹，以下本文沿著這一軌迹略摘數例，以資證明。

（一）孔子以前

（1）《儀禮》。在儀禮冠禮中，行禮前要筮日（選日子）、筮賓（選賓客）。聘禮中，賓受饗而祭要筮尸（選祭主）。士喪禮中，將葬要筮宅兆（選葬地）。特牲饋食禮、少牢饋食禮中，將祭也要筮日、筮尸。鄭玄注：「筮者，以蓍問日吉凶於易也。」（士冠禮筮於廟門注）《儀禮》是最可靠的周代文獻之一，其中顯示著《易經》的功用是在冠、聘、喪、祭中占問吉凶。

（2）《詩經》。《小雅》秋杜：「卜筮偕止，會言近止，征夫邇止。」《衛風氓》：「爾卜爾筮，體無咎言。」都是卜筮並言，可見易筮和龜卜的功能相同。《衛風氓》篇婚前的卜筮，尤其可以補足儀禮士昏禮無卜筮的缺失，使周朝儀禮中冠、婚、喪、祭、聘都具備卜筮一節。

（3）《尚書》。《洪範》：「汝有大疑，謀及乃心，謀及卿士、謀及庶人、謀及卜筮。」《洪範》篇相傳是箕子告訴武王的治國大法，文中把卜筮和天子自身、卿士、庶人並列為稽疑的對象，恰與商末周初卜筮的流變互相吻合，因此我們可以相信它是周初的政治思想。

（4）《周禮》。《春官》大卜職：「掌三《易》之法；一曰《連山》，二曰《歸藏》、三曰《周易》，其經卦皆八，其別皆六十有四……以八命者贊三兆、三易、三夢之占，以觀國家之吉凶、以詔救政。」筮人職：「國之大事，先筮而後卜。」《周禮》雖不一定是周公致太平之書，但它的基本根據還是周代的典

章制度，太卜、筮人的職務應該是周初官制的反映。

（5）《左傳》。《左傳》成書雖然在孔子之後，但它所記載的史實多半是有文獻根據的，《左傳》中有關卜筮的記載特別多（可參考清毛奇齡著《春秋占筮書》，《皇清經解續編》卷十五），本文只引出其中明白說著以《周易》來占筮的三條：

（莊公二十二年）周史有以《周易》見陳侯者，陳侯使筮之，遇觀䷓之否䷋。

（昭公五年）初，穆子之生也，莊叔以《周易》筮之，遇明夷䷣之謙䷭。

（昭公七年）孔成子以《周易》筮之，曰：「元尚享衛國、主其社稷？」遇屯䷂。

（6）《國語》。《晉語》：公子（重耳）親筮之，曰：「尚有晉國？」得貞屯䷂悔豫䷏皆八也。筮史占之，皆曰：「不吉！閉而不通，爻無為也。」司空季子曰：「吉！是在《周易》皆曰：『利建侯。』不有晉國，以輔王室，安能建侯？我命筮曰：『尚有晉國？』筮告我曰：『利建侯。』得國之務也，吉孰大焉？」

由以上文獻的記載，我們可以看出《易經》在孔子以前的功能完全在占筮，《易繫辭》說《易》有聖人之道四——言辭、動變、制器、卜筮，事實上，在孔子之前我們找不出《易經》擔負有占筮以外的功能的記載。

（二）孔子以後

（1）《論語》。《子路篇》，子曰：「南人有言：『人而無恒，不可以為巫醫。』善夫！『不恒其德，或承之羞。』」（《恒》九三爻辭」引《易經》來闡釋有恒的重要，這是《易經》由占筮之書蛻化為義理之書的濫觴。

（2）《荀子》。《非相篇》：「鄙夫……好其實，不恤其文，是以終身不免埤汙傭俗，故《易》曰：『括囊，無咎，無譽。』」（《坤》六四爻辭）腐儒之謂也！」《易經》「括囊」一句原是教人要像「括束囊口」一樣地謹慎不出，才能避免災禍。荀子卻拿它來形容「好其實不恤其文」的腐儒，斷章取「易」，肇始於此。

（3）《呂氏春秋》。《恃君覽》：「《易》曰：『渙其羣元吉。』」（《渙》九四爻

辭）渙者賢也，羣者眾也，元者吉之始也。渙其羣元吉者，其佐多賢也。」《易經渙》卦取義於小人遭難離散，王者能在這時團結人心，立德建功，渙字是離散的意思。《呂氏春秋》把渙解釋成賢，把「渙其羣元吉」說成其佐多賢，也不是《易經》的本義。

（4）《禮記》。《坊記》：「《易》曰：『不耕穫、不菑畬，凶。』（《無妄六二爻辭》）以此坊民，民猶貴祿而賤行。」案：《易無妄六二爻辭》的原文是：「不耕穫，不菑畬，則利有攸往。」《坊記》引文不但不用原義，甚至於連文句都可以更改，這是《易經》義理化後，引《易》斷章的必然發展。

先秦文獻中引到《易經》的不多，《呂氏春秋》成於秦初，《禮記》多先秦儒家師說，所以一併采入。由以上十條引文我們可以很明白的看出《易經》由占筮而義理的演化過程，當然，這種演化並不是孔子一人之力，自周初建國，人文精神隱隱躍動以來，周文化中的「天人關係」就一直在不斷改變中，而孔子則為使此一轉變學理化、系統化的集大成者。以下本文就從這一轉變上推出《易經》在周初所應當擔任的角色。

四、從卜筮的源流及其價值來探討

在現代人的眼中，卜筮是一種迷信，算命者是利用人類迷信心理來賺取生活費的人，只有蠢夫愚婦才會相信他們。但是，就人類社會發展史來看，卜筮在人類文化發展的初期往往具有一種宗教性的指導功能，我們不能以今議古，鄙薄卜筮，那會使我們對先民部份的文化活動產生錯誤的認識。這一層意義，朱子的體認非常深刻，他說：

> 「竊疑《卦》、《爻》之辭本為卜筮者斷吉凶而具訓戒，至《象》、《彖》、《文言》之作，始因具吉凶訓戒之意而推說其義理以明之。後人但見孔子所說義理，而不復推本文王、周公之本義，因鄙卜筮為不足言，而其所以言易者，遂遠於日用之實，類皆牽合委曲、偏主一事而言，無復包含該貫、曲暢旁通之妙。若但如此，則聖人當時自可別作一書，明言義理、以昭後世，何用假託卦象，為此艱深隱晦之辭乎？」（朱文公《易說》卷二十）

這真是極有見地的一段文字。根據民國以來考古學家的證實，中國占卜的

歷史可以推到很早，在屬於龍山文化的城子崖遺址中已經發現具有契孔和卜兆的豬、牛、羊、鹿的肩胛骨，滕縣安上村也有卜龜出土，只是上面並沒有刻辭，由此可見占卜的歷史至少可以上推到夏朝。在人類早期社會中，卜筮的需要是源於人類對不可知的敬畏，以為在山河大地之上必有一「無所不知、無所不能」的主宰，因此家國大事要向他稟告，疑難困惑要向他請示。在甲骨文中，商人把這一主宰叫「帝」，甲骨文中的「帝」是有意志的人格神，他可以施禍降福、主宰人類的命運（參見胡厚宣著《甲骨學商史論叢》），在這種思想的籠罩下，占卜的發達是理所當然的。《禮記表記》說：

> 「殷人尊神，率民以事神，先鬼而後禮。」

甲骨文的出土，印證了表記此一記載的真實，殷人尊神重卜，先鬼後禮，洵屬可信。

武王伐紂，在政治上是一劇烈的改變，在文化上，則大致仍沿襲商文化。《論語》上說「殷因于《夏禮》」、「周因于《殷禮》」，在卜筮的運作上，我們可以很明白的看出這種沿襲。在周代文獻中，相當於甲骨文「帝」的觀念有二：「上帝」和「天」，他也是有意志的人格神，能施禍降福、主宰人類，如：

> 皇矣上帝，臨下有赫，監視四方，求民之莫。（《詩經大雅皇矣》）

> 惟時上帝不保，降若茲大喪。（《尚書多士》）

> 畏天之威，于時保之。（《詩經周頌我將》）

> 君奭！弗弔，天降喪于殷。（《尚書君奭》）

時人對此一人格神的態度，可以用《詩經大雅大明篇》所描寫的文王為代表：

> 維此文王，小心翼翼，昭事上帝、聿懷多福。

在這麼濃厚的神權思想的支配下，周代是必然地繼承商代的卜筮的。近人每喜稱道周初人文精神的躍動，事實上，周初的人文精神還在萌芽階段，周代人文精神的全面覺醒必須到東周孔子之時才算達成。《尚書金縢篇》記載周公卜請以身代武王疾，前人或以其思想幼稚而疑及《金縢篇》，如以周初的天人關係來看，《金縢篇》和當時的思想是相當一致的，周初仍然重視占卜，也無可懷疑。只是殷人的王畿在黃河下游，得龜較易；周人僻處西陲，得龜較難，

因此周人除了繼承殷人的龜卜之外，又獨立發展出了易筮。筮比卜容易，只要用五十根蓍草就可以占問吉凶（從這一層意義來看，《周易》的周應該是朝代名，《易》則是易簡之義），但是在效果上，卜筮是完全一樣的。在形式上，易筮也保留了很多沿襲龜卜的痕跡，屈萬里先生曾作「《易卦源于龜卜考》」一文，從：（1）卦畫上下的順序和甲骨刻辭的順序、（2）易卦反對的順序和甲骨刻辭的左右對貞、（3）易卦爻位的陰奇陽偶和甲骨刻辭的相對為文，（4）易卦九六之數和龜紋等四種雷同來證明易卦源于龜卜。就中國卜筮的歷史源流來看，屈先生的結論應該是確切不易的。

西周政治大體是在殷代殘餘的神權思想之下發展著，周公制禮作樂所播下的人文精神的種子並沒有多少生長茁壯的機會。直到西周末年，經過厲、幽之亂，災禍頻仍、民不聊生，一向賴以維繫社會的政治制度、宗教精神終於隨著周王室的東遷而土崩瓦解。昊天不惠、上帝板板，他們的主宰性開始受到懷疑，部份自覺性較強的知識份子或當政者也開始能有意識地擺脫天道、神權的籠罩，改從禮教德化去謀求政治的改善，如：

> 史嚚曰：「國將興，聽於民；將亡，聽於神。」（《左傳莊公》三十二年）

> 子產曰：「天道遠、人道邇，非所及也，何以知之？」（《左傳昭公》十八年）

史嚚、子產的言論代表了東周初期的先知先覺的思想，只是他們的思想都是以個別、隨機的方式表達著，還不能引起當時習俗、思想的全面變革。直到孔子從學理上把人力所不能及的客觀限制歸入「命」的範圍，存而弗論；把一切文化理念與價值標準建立在人力所能掌握的自覺主宰上，格物、致知、誠意、正心、修身、齊家、治國、平天下的完成，全部繫決於人力，不託天道、不假神權，周文化中的人文精神必須到這時候才算建立完成，從此之後，卜筮在知識份子界的沒落乃成為必然的命運，而《易經》也當然地由占筮之書一躍而為儒家探討天人關係的義理之書了。前乎此，有關《易經》具備有占筮以外的任何功能的說法，不但不可能，而且無此需要。

孔子之後，儒家對卜筮的看法分為兩派，其一是仍然承認卜筮的宗教功能，但是要賦予它道德性的規範，使卜筮的功能必須通過道德的制約才能完成，如

此一來，卜筮的決定者已由不可知的上帝轉變為能由人類掌握的道德了。《禮記少儀》說：

> 問卜筮，曰：「義與？志與？」義則可問，志則否。

合於公義的事才可以卜筮，出於私志的事就不可以，這種卜筮的結果不占可知，它的作用只是保留一些傳統習俗所帶給人的安慰意義罷了。

另一派學者認為天道有常，不為堯存、不為舜亡，因此他們根本就否認卜筮能對人生有任何指導功用，《荀子大略篇》說：

> 善為易者不占！

明白了《易經》中消息盈虛的天道，自然就知道人事上興亡成敗的法則。君子之謂吉、小人之謂凶，吉凶之鑰在德不在占。《王制篇》說：

> 假於鬼神、時日、卜筮以疑眾，殺！

把卜筮看成可以迷惑民眾的工具，這種思想要到《荀子》以後才會出現，《易經》的占筮色彩要在這派儒者手中才能廓清無遺，《易經》哲理化也要在這派儒者手中才能徹底達成。

五、結　論

《四庫全書總目》卷一說：

> 漢儒言象數，去古未遠，一變而為京焦、再變而為陳邵，務窮造化，易遂不切於民用。王弼盡黜象數，說以老莊，一變而胡瑗、程子始闡明儒理；再變而李光、楊萬里又參證史事，《易》遂日起其論端，此兩派六宗，已互相攻駁。又易道廣大、無所不包，旁及天文、地理、樂律、兵法、韻學、算術，以逮方外之爐火，皆可援《易》以為說，而好異者又援以入《易》，故《易》說愈繁……（《經部一易總敘》）

這是一段簡明扼要的中國易學史，細按二千年來「二派六宗」所以互相攻駁、爭論不休的原因，就在《易經》文無達詁，而《易經》文無達詁的原因，就在學者不肯承認《易經》本是占筮之書。所以從《彖》、《象》而下，易學家各以己意說經，雖義理精妙、象數神奇，但不得本義本解，終究只是一家之言。本文經由《易經》文句的分析、周載文獻使用《易經》的記錄的考察、以

及商周之際卜筮思想的分析，闡明《易經》本是占筮之書，並深信在一觀點之下，今人借考古學、文字學、文法學、社會學之助，研治《易經》，必能使《易經》有訓詁明暢、經傳曉然的一天。

原刊於：台灣師大國文研究所《中國學術年刊》第四期，1982 年 6 月。

談〈洪範〉「皇極」與〈命訓〉「六極」
——兼談《逸周書·命訓》的著成時代

提　要

　　《逸周書·命訓》與《尚書·洪範》的著成時代，清末民初廣受質疑，疑古學派往往把其著成時代推得極晚。近數十年來，由於甲骨、金文及考古之學昌明，學者對《尚書·洪範》的著成時代的推定已逐漸回復周初，但《逸周書·命訓》的著成時代的推定則未見學者回復周初。本文據《清華伍·命訓》確定〈命訓〉的文本，並以〈命訓〉「六極」與《尚書·洪範》「皇極」對比，認為「極」當釋為「君王治國的最高標準」，此一用法只見於〈洪範〉及〈命訓〉。因此〈命訓〉的著成時代當與〈洪範〉接近，舊說以為周初，應可信。

　　關鍵字：尚書，洪範，皇極，逸周書，命訓，六極

　　《逸周書》的著成年代，在清末民初成了一個很複雜的問題，從成於西周到成於魏晉，都有人主張。近年《清華大學藏戰國竹簡》中出了幾篇與《逸周書》相關的文章，這個問題又開始被認真檢討。在《清華大學藏戰國竹簡（伍）》中有一篇〈命訓〉，通過篇中「六極」與《尚書·洪範》「皇極」的對比，我們認為〈命訓〉和〈洪範〉一樣，應該都是傳自西周的文獻（雖然流傳到後世，文字或許有一些改動）。以下是我們的探討。

一、《逸周書》著成時代的舊說

《逸周書》的著成時代，歷來是一個很複雜的問題。茲據《偽書通考》引幾條相關的記載〔註1〕：《漢書‧藝文志》載《周書》七十一篇，注曰：「周史記。」唐顏師古注曰：「劉向云：『周時誥誓號令也，蓋孔子所論百篇之餘也。』今之存古四十五篇矣。」唐劉知幾《史通》以此書為五經之別錄，但也懷疑其中有後人所偽造羼雜者：「《周書》者，與《尚書》相類，即孔氏刊約百篇之外，凡為七十一章，上自文武，下終靈景。甚有明允篤誠典雅高義，時亦有淺末恆說，淳穢相參，殆似後之好事者所增益也。至若〈職方〉之言與〈周官〉無異，〈時訓〉之說比〈月令〉多同，斯百王之正書，五經之別錄者也。」宋李燾《汲冢周書序》以為「書多駁辭，宜孔子所不取；抑戰國處士私相綴續，託周為名，孔子所未見。」元黃玢〔註2〕以為是戰國人所作：「觀其屬辭成章，體製絕不與百篇相似，亦不類西京文字，是蓋戰國之世逸民處士之所纂緝，以備私藏者。」明鄭瑗《井觀瑣言》〔註3〕則以為是東漢魏晉人作：「《汲冢周書》甚駁雜，恐非先秦書。意東漢魏晉間詭士所作。反勒《禮記》、《史記》群書以文之。文義古雅者僅有〈祭公解〉等一二篇。」《四庫提要》則以為書成於靈王以後，戰國以後又輾附益：「其書載有太子晉事，則當成於靈王以後。所云文王受命稱王，武王、周公私計東伐，俘馘殷遺，暴殄原獸，輦括寶玉，動至億萬。三發下車，懸紂首太白，用之南郊，皆古人必無之事。陳振孫以為戰國後人所為，似非無見。然《左傳》引《周志》『勇則害上，不登於明堂』，又引《書》『慎始而敬終，終乃不困』。又引《書》『居安思危』，又稱『周作九刑』，其文皆在今書中。則春秋時已有之，特戰國以後又輾轉附益，故其言駁雜耳。究厥本始，終為三代之遺文，不可廢也。」

朱右曾《逸周書集訓校釋‧周書序》嘗舉三證，以為此書非戰國秦漢人所能偽託：

> 愚觀此書，雖未必果出於文武周召之手，要亦非戰國秦漢人所
> 能託。何者？莊生有言：「聖人之法，以參為驗，以稽為決，一二三
> 四是也。」周室之初，箕子陳疇、周官分職，皆以數紀，大致與此

〔註1〕參張心澂《偽書通考》（上海：商務印書館，1939 年），頁 504 以下。
〔註2〕據黃懷信《逸周書彙校集注》（上海：上海古籍出版社，19955），頁 1279 作黃玠。
〔註3〕舊題宋人，《四庫全書提要‧子部十》有詳辨，斷為明人。茲從《四庫全書提要》。

書相似。其證一也。〈克殷〉篇所敍，非親見者不能；〈商誓〉、〈度邑〉、〈皇門〉、〈芮良夫〉諸篇，大似今文《尚書》，非偽古文所能彷彿。其證二也。偁引是書者，荀息、狼瞫、魏絳，皆在孔子之前。其證三也。夫〈酆保〉為保國之謀，〈武稱〉著用兵之難，〈常訓〉之言性，〈文酌〉、〈文傳〉之言政，俱不悖於孔孟，而說者或誚為陰謀，或譏其俱戾。嗚呼！豈知是書者哉！〔註4〕

二十世紀以來，甲骨金文之學昌明，學者對此書的一些篇章開始給予高度肯定，如顧頡剛先生〈逸周書世俘篇校注寫定與評論〉以為《逸周書·世俘篇》即《尚書·武成》，其作成當在西周〔註5〕；屈萬里先生〈讀周書世俘篇〉以為「《周書》的〈克殷〉和〈世俘〉兩篇同是記載周武王伐紂的史事，〈世俘篇〉的記載更為詳悉。〈世俘篇〉記事很質直，文章也樸實無華；它所用的習語又常和《尚書》的〈周誥〉相似。從這些方面來看，它似乎是西周時代的作品。」〔註6〕屈先生在〈世俘篇著成的時代〉中則經過詳細考證後說「〈世俘篇〉是西周時代的產物，似無可疑。但由於它所記載的日期頗多錯誤一點看來，它的著成時期可能比武成晚些。」〔註7〕

當代學者中，李學勤、黃沛榮、黃懷信、張聞玉、羅家湘、周寶宏、王連龍、葉正渤、楊朝明諸先生及其他學者等，對《逸周書》都進行了相當程度的研究，對《逸周書》成書時代的考訂都有很大的助益，這些情況在王連龍先生的〈近二十年來《逸周書》研究綜述〉〔註8〕都有很詳盡的介紹，此不贅述。

至於〈命訓〉的著成時代，專門討論的學者並不多。《逸周書·周書序》以為〈度訓〉、〈命訓〉、〈常訓〉都是周文王所作：

　　昔在文王，商紂並立，困於虐政，將弘道以弭無道，作〈度訓〉；
　　殷人作教，民不知極，將明道極以移其俗，作〈命訓〉；紂作淫亂，

〔註4〕朱右曾《逸周書集訓校釋·周書序·附錄·周書逸文》（上海：商務印書館，1937年），頁10。

〔註5〕顧頡剛〈逸周書世俘篇校注寫定與評論〉，《文史》第二輯，頁2。

〔註6〕屈萬里《書傭論學集》（臺北：聯經出版事業公司，1984年。原書於1969年由臺灣開明書局出版），頁412。

〔註7〕屈萬里《書傭論學集》，頁426。

〔註8〕王連龍〈近二十年來《逸周書》研究綜述〉，《吉林師範大學學報(人文社會科學版)》，2008年4月第2期，頁15～17。

民散無性習常，文王惠和化服之，作《常訓》。〔註9〕

　　據此，一般都把〈度訓〉、〈命訓〉、〈常訓〉合稱三〈訓〉，大體以為是同一時期的作品。屈萬里先生《先秦文史資料考辨》沒有提到〈命訓〉，但是以為〈常訓〉已有陰陽五行的色彩，當是戰國時代的作品〔註10〕。黃懷信先生《逸周書源流考辨》則以為三《訓》有可能出自西周，不過以文字觀之，似當為春秋早期的作品〔註11〕。但是，《左傳・襄公二十五年》引《書》曰：「慎始而敬終，終以不困」，為《常訓解》文，說明《常訓》本在《書》中，可見三《訓》必魯襄公以前的作品〔註12〕。李學勤先生在此書的〈序〉中說：「《度訓》、《命訓》等好多篇……它們的年代也不一定晚。」〔註13〕楊朝明先生透過與《郭店・性自命出》人性論的比較後主張「周訓各篇出於周文王應當沒有什麼問題」。〔註14〕不過，他用來對比的材料的時代效度，學者可能有不同的意見。例如張洪波先生便以為三〈訓〉中的人性論及中道論頗為成熟，孔子時期尚無此等人性論，故三〈訓〉必不早於孔子〔註15〕。王連龍先生在〈《周書》三《訓》人性觀考論〉中則以為「三《訓》人性觀在繼承儒家性自『命』出思想的基礎上，提出人性為『醜』，主張性有『好惡』，其人性觀屬於以荀子為代表的儒家性惡論。三《訓》還認為通過『因』性分次等方法，可以解決性惡所引發的諸多問題」，因此「三《訓》所主張的人性論當為性惡論的初級發展階段，與荀子等性惡論相銜接」。因此主張其著成時代當在戰國，而早於荀子〔註16〕。此外還有學者根據〈命訓〉多用頂針格的寫作手法，斷定其應著成於戰國時期〔註17〕。由此看來，即使是當代學者，對《逸周書・命訓》的著成

〔註9〕據盧文弨校《逸周書》，乾隆丙午抱經堂雕，民國十二年夏五月北京直隸書局影印，卷十葉四。

〔註10〕屈萬里《先秦文史資料考辨》（臺北：聯經出版事業公司，1985年），頁398。

〔註11〕黃懷信先生《逸周書源流考辨》（西安：西北大學出版社，1992年），頁92。

〔註12〕黃懷信《逸周書源流考辨》，頁93。

〔註13〕黃懷信《逸周書源流考辨》，〈序〉頁2。

〔註14〕楊朝明〈《逸周書》「周訓」與儒家的人性學說——從《逸周書・度訓》等篇到郭店楚簡《性自命出》〉，《國學學刊》2009年第3期；孔子2000網（http://www.confucius2000.com/admin/list.asp?id=4390），2010年4月8日。

〔註15〕張洪波〈《逸周書》各篇章的思想與著作時代質疑〉，《三峽大學學報（人文社會科學版）》，2009年3月第31卷第2期，頁89。

〔註16〕王連龍〈《周書》三《訓》人性觀考論〉，《遼東學院學報（社會科學版）》，2009年2月第11卷第1期，頁80，84。

〔註17〕見周玉秀〈逸周書的語言特點及其文獻學價值〉（北京：中華書局，2005年），第五

時代也還未取得一致的看法。

二、《清華大學藏戰國竹簡（伍）·命訓》中的「六極」

2015 年 4 月《清華大學藏戰國竹簡（伍）》出版，其中就有〈命訓〉一篇。原考釋者劉國忠先生指出：

> 全篇原無標題，因其內容與《逸周書》的〈命訓〉篇大致相合，當係〈命訓〉篇的戰國寫本。……對照簡文，可知傳世的〈命訓〉文本存在諸多文字錯訛之處。因此，本篇簡文可在很大程度上幫助我們復原〈命訓〉篇的原貌。清華簡〈命訓〉的發現，對於《逸周書》中多篇文獻的時代判定也有重要的意義。〈命訓〉係《逸周書》的第二篇，其《序》云：「殷人作教，民不知極，將明道極以移其俗，作〈命訓〉。」認為係周文王所作。不過學者們多認為本篇的寫作時代很晚，甚至認為遲至漢代才出現。近年來這種情況有所改變。已有學者指出，〈命訓〉與〈度訓〉、〈常訓〉三篇均以「訓」為篇名，同講為政牧民之道，性質相同，內容相貫，文氣相類，關係十分密切，應是同一時期的作品。此外〈武稱〉、〈大匡〉、〈程典〉、〈小開〉等多篇也屬同一組文獻，其文例特點是常用數字排比，時代也應相近。由於《左傳》、《戰國策》中有多處引用這一組文獻，故有學者主張它們在春秋時期已經寫成。因此，清華簡〈命訓〉的面世，也將有助於對這些文獻的深入研究。〔註18〕

劉國忠先生指出了《左傳》、《戰國策》中有多處引用這些文獻，因此這些文獻應該在《左傳》、《國語》之前，至於前到什麼時候，則並未進一步說明。其後，劉國忠先生在〈清華簡《命訓》初探〉一文中對〈命訓〉的著成時代進一步做了相當仔細的探討，對學者以為〈命訓〉著成於戰國時代的兩個理由（性惡論、頂針格）也做了很有力的反駁。結論以為「至遲在春秋中期，《命訓》及其他一批過去認為較晚的《逸周書》篇章已經出現」。〔註19〕

章第二節。

〔註18〕 參〈命訓〉篇的【說明】。見李學勤主編：《清華大學藏戰國竹簡（伍）》（上海：中西書局，2015 年），頁 124。

〔註19〕 劉國忠〈清華簡《命訓》初探〉，《深圳大學學報（人文社會科學版）》，2015 年第 3

這個態度當然是非常矜慎的。比起前引以為〈命訓〉著成於戰國，劉文的結論已經把這個問題向前推了不少。不過，筆者以為，透過對〈命訓〉篇「極」字的探討，對這個問題或許可以有更進一步的認識。

〈命訓〉篇提到「極」字的地方有 19 處，原文如下（段落標號為筆者所加）：

1. 〔天〕生民而成大命＝（命，命）司惪（德），正以禤（禍）福，立明王以惷（訓）之，曰：「大命又（有）棠（常），少（小）命日＝成＝（日成。」日成）則敬，又（有）尚（常）則窐＝（廣，廣）以敬命，則厇（度）【一】〔至于〕亟（極）。

2. 夫司惪（德）司義，而易（賜）之福＝（福，福）彔（祿）才（在）人＝（人，人）能居，女（如）[不]居（重德）〔註20〕而𡻕（守）義〔註21〕，則厇（度）至于亟（極）。

3. 或司不義而墜（降）之禤＝（禍，禍）怹（過）才（在）人＝（人，人）【二】能母（毋）謹（懲）啻（乎）？女（如）謹（懲）而愻（悔）怹（過），則厇（度）至于亟（極）。

4. 夫民生而伳（恥）不明，尘（上）以明之，能亡（無）伳（恥）啻（乎）？女（如）又（有）伳（恥）而互（恆）行，則厇（度）至于亟（極）。

5. 夫民生而樂生穀（穀），上以穀（穀）之，能母（毋）懽（勸）啻（乎）？女（如）懽（勸）以忠訏（信），則厇（度）至于亟（極）。

6. 夫民生而㾒（痛）死喪，上以㷼（畏）之，能母（毋）志（恐）【四】啻（乎）？女（如）志（恐）而承孝（教），則厇（度）至于亟（極）。

7. 六亟（極）既達，九迁（間）具（俱）寅（塞）。達道＝（道道）天以正＝人＝（正人。正人）莫女（如）又（有）亟（極），道天

期（第 32 卷），頁 37～41。

〔註20〕承本段首句，「不居」二字疑為「重德」之誤，段首作「司德司義」，此處承之應作「重德守義」，不應只有「守義」，而遺漏「德」。如作最小幅度之校改，至少本句「不居」之「不」字疑衍，當刪。

〔註21〕「守」字，原考釋釋「重」，紫竹道人（鄔可晶）改釋「守」，見武漢大學簡帛研究中心網站「簡帛論壇」〈清華五《命訓》初讀〉14 樓。

莫女（如）亡（無）亟（極）。道天又（有）亟（極）則不=桑=（不威，不威）【五】則不卲（昭），正人亡（無）亟（極）則不=咠=（不信，不信）則不行。夫明王卲（昭）天訐（信）人以厇（度）攻=（功，功）陞（地）以利之，事（使）身=（信人）桑（畏）天，則厇（度）至于亟（極）。

8. 夫天道三，【六】人道三。天又（有）命，又（有）福，又（有）禍（禍）。人又（有）佴（恥），又（有）市冒（冕），又（有）釵（斧）戉（鉞）。以人之佴（恥）尚（當）天之命，以亓（其）市冒（冕）尚（當）天之福，以亓（其）斧戉（鉞）尚（當）天之禍（禍）。六
【七】方三述，亓（其）亟（極）麀（一），弗智（知）則不行。

9. 亟（極）命則民陵（墮）乏，乃窑（曠）命以弋（代）亓（其）上，刽（殆）於龗（亂）矣。亟（極）福則民=彔=（民祿，民祿）迁=善=（干善，干善）韋（違）則不行。亟（極）禍（禍）【八】則民=桑=（民畏，民畏）則逄=祭=（淫祭，淫祭）皮（罷）豿（家）。亟（極）佴（恥）則民=𢞻=（民忮，民忮）〔註22〕則瘍=人=（傷人，傷人）則不罚（義）。亟（極）賞則民賈=亓=上=（賈其上，賈其上）則亡=壤=（無讓，無讓）則不川（順）。亟（極）罚則民多=虐=（多詐，多詐）則【九】不=忠=（不忠，不忠）則亡（無）邊（復）。凡㡀（厥）六者，正（政）之所刽（殆）。天古（故）卲（昭）命以命力〈之〉曰：「大命殜（世）罚，少（小）命=（命命）身。」福莫大於行，禍（禍）莫大於逄（淫）祭，佴（恥）莫大於【一〇】瘍（傷）人，賞莫大於壤（讓），罚莫大於虐（詐）。

　　原考釋者對這 19 個「亟（極）」字並未解釋，其他學者也未見討論此字，或許是本篇需要解決的問題太多，輪不到解釋「極」字。因此，我們不妨先看看傳本《逸周書》學者的意見。據黃懷信先生《逸周書彙校集注》，各家的解釋大約有四類（三〈訓〉文義相近，因此以下解釋採自三〈訓〉，引文最後括注《逸周書彙校集注》的頁碼，四類的排序也依此頁碼的先後）：

〔註22〕忮，原考釋讀杘，引《小爾雅》「害也」。暮四郎（黃杰）讀為「忮」（見武漢大學簡帛研究中心網站「簡帛論壇」〈清華五《命訓》初讀〉19 樓），義同，但字較通行，茲從之。

一、至善。潘振:「極者,至善之謂。」(P2)陳逢衡:「至於極,謂至於至善也。」(P23)

二、中。朱右曾:「極,中也。聖人創法度,審義理之中正以示民。」(P2)孔晁釋「六極既通,六間俱塞」云:「六中之道通,則六間塞矣。」(P27)

三、猶則也。俞樾:「孔訓極為中,則『等極』二字義不相屬矣。極,猶則也。《詩・殷武篇》『商邑翼翼,四方之極』,《後漢書・樊準傳》弔作『四方之則』,李賢注:『《韓詩》之文也。』蓋極有準則之義,故《毛詩》作『極』,《韓詩》作『則』。此云『等極』,猶『等則』也。上文云『立小大以正,權輕重以極,明本末以立中』,既言極又言中,知極之不訓中矣。」(P3-4)

四・至也。唐大沛云:「極,至也。明等級所至,不得僭越,所以正民也。」(P4)

這四種解釋何者為是?應該由原文來決定。但是傳本〈命訓〉訛誤較多,往往會造成學者理解的障礙。〈命訓〉的釋讀應以簡本為主,參考學者對簡本〈命訓〉的考釋,本文先把我們在讀書會[註23]的語譯列在下面:

1. 天生萬民,而給萬民一個大命。大命以德為主[註24],又以「禍、福」來督正萬民是否依循「德」。上天又選立了明王來訓導萬民依循道德,說:「大命是由天決定,恆久不變的;小命是個人每天累積而成的。」每天戒慎恐懼,就懂得恭敬;能知道大命有常就能夠心胸廣闊。萬民能心胸廣闊而且恭敬天命,治理天下的法度就能達到最高的標準。

2. 萬民能專主於德義,明王就賜給他福。福祿的獲得在於人,人能(重德守義,就能)安處福祿。如果萬民都能重德守義,治理天下的法度就能達到最高的標準。

3. 有些人專主於不義的事情,明王就降禍給他。災禍的降臨也都是由人自己找來的,能不引以為戒嗎?如果萬民都能夠引以為戒而悔過,治理天下的法度就能達到最高的標準。

[註23] 筆者主持的讀書會,參與人員為張榮焜、王瑜楨、金宇祥、黃澤鈞、彭慧玉、駱珍伊。本篇是由張榮焜集釋,並負責宣讀,由筆者指導。

[註24] 司德,《逸周書》孔晁注云:「司,主也。以德為主,有德正以福,無德正以禍。」極是。下文司德、司義的「司」同。

4. 人民生下來後如果不知恥，明王讓他明白恥，人民能不懂得恥嗎？如果人民都懂得恥而長久的遵行，則治理天下的法度就能達到最高的標準。

5. 人民生來喜歡生養，明王於是讓他們生養，人民能不得到鼓勵嗎？如果人民都忠信勸勉，則治理天下的法度就能達到最高的標準。

6. 人民生來怕死喪，在上位者就用死喪來讓他害怕，人民能不怕嗎？如果人民因為害怕而接受在上位者的教化，則治理天下的法度就能達到最高的標準。

7. 如果上面的六極都能達成，九姦就都能夠塞止。完成「六極既達」的道理、方法，是通達天道而督正人民。導正人民沒有比得上「有極」來得好，通達天道沒有比得上「無極」來得好。通達天道如果有準則（就會被揣摩得知），那就會失去在上位者的威嚴，沒有威嚴就不能昭顯（天命）；導正人民如果沒有準則，就會失去信用，失去信用，政令就無法推行。

明王使天道昭顯，使人民信任，來衡量各種事功，盡力開發土地以利百姓，讓人民相信長上、畏懼上天，那麼治理天下的法度就能達到最高的標準。

8. 天道有三種，人道有三種。天道有命、有福、有禍；人道有恥、有市晃、有斧鉞。人道的恥相當於天道的命、人道的市晃相當於天道的福、人道的斧鉞相當於天道的禍。六種方法其實只有三種手段，它的「極（標準）」都是相同的，明王如果不知道天道、人道是相通的，就無法施政。

9. 在上位者過度聽任天命，人民就會懶惰廢怠，於是曠廢政令、摒棄長上，國家就會瀕臨動亂。在上位者過度地使用福，人民就會貪求俸祿，人民貪求俸祿就會干犯良善，干犯良善就會導致違反規矩、良善就無法施行。在上位者過度地使用禍，人民就會畏懼長上，過度地畏懼長上就會導致祭祀頻繁（以求避禍），祭祀頻繁就會耗盡家財。在上位者過度地使用恥，人民就會過於有是非正

義，過於有是非正義就會容易傷人，傷人就不合禮義。在上位者過度地使用賞，人民就會迎合長上而爭求賞，迎合長上而爭求賞就會不相禮讓，不相禮讓就不和順。在上位者過度地使用罰，人民就會多狡詐，多狡詐就會不忠，不忠就不知道報恩。這六種施政情況，是導致政治敗壞的原因。

仔細體會〈命訓〉原文，可知文本中的「極」字可以分成兩類，前8段的「極」字應為「最高準則」之義，第9段的「極」字則為「極至」之義。以往學者對傳本〈命訓〉「極」的四種解釋看似不同，其實都是由一義所引申。「極」的本字應作「亟」（甲骨文《天》80作「 」），從人，上下二橫表示人的上下二極，因此本義為「至、極至」；事物之「極至」即為「明確之標準」，因此引申有「準則」之義，〈命訓〉的「極」字釋為此二義，頗為妥適。依儒家標準，人事之最高準則為「中」、為「至善」，這些義項都是「極」字本義的引申，但是用來解釋〈命訓〉的「極」，反而令人覺得說得太窄、太肯定，未必是原作者的意思；這樣解釋，也會造成對〈命訓〉著成時代判定的誤導。

依前8段，簡本〈命訓〉的「六極」為「命、福、禍、恥、穀、死傷」，依第9段則為「命、福、禍、恥、賞、罰」，賞以穀，罰以死傷，其義一也。傳本《逸周書・常訓篇》的「六極」則是「命、聽、禍、福、賞、罰」，對比之下，「聽」應是「恥」字之訛。仔細體會文義，六極應該是君王的六種「權柄」，善用這六種權柄，則可以「牧萬民，民用不失」。「權柄」而稱之為「極」，後世文獻似未見，只見於《尚書・洪範》。因此，我們可以把〈命訓〉「六極」和〈洪範〉「皇極」作個對比。

三、《尚書・洪範》中的「皇極」

《尚書・洪範》說「天乃錫禹洪範九疇，彝倫攸敘」〔註25〕，所謂九疇，「次五曰建用皇極」。所謂「皇極」的內容如下：

> 五、皇極，皇建其有極。斂時五福，用敷錫厥庶民，惟時厥庶民于汝極。錫汝保極：凡厥庶民，無有淫朋，人無有比德，惟皇作極。

〔註25〕參中研院「漢籍電子文獻資料庫」（http://hanchi.ihp.sinica.edu.tw/ihpc/hanjiquery?@111^1301299967^807^^^701010010002000700030001^10@@1355012641），下面引文及〈書序〉同。

凡厥庶民，有猷有為有守，汝則念之。不協於極，不罹於咎，皇則受之。而康而色，曰：「予攸好德。」汝則錫之福。時人斯其惟皇之極。無虐煢獨而畏高明，人之有能有為，使羞其行，而邦其昌。凡厥正人，既富方穀，汝弗能使有好於而家，時人斯其辜。于其無好德，汝雖錫之福，其作汝用咎。無偏無陂，遵王之義；無有作好，遵王之道；無有作惡，遵王之路；無偏無黨，王道蕩蕩；無黨無偏，王道平平；無反無側，王道正直。會其有極，歸其有極。曰：皇，極之敷言，是彝是訓，於帝其訓。凡厥庶民，極之敷言，是訓是行，以近天子之光。曰：天子作民父母，以為天下王。

《書序》云：「武王勝殷，殺受，立武庚。以箕子歸，作洪範。」《正義》曰：「武王伐殷，既勝，殺受，立其子武庚為殷後。以箕子歸鎬京，訪以天道。箕子為陳天地之大法，敘述其事，作洪範。」本篇內容講述箕子為武王陳述治國之大法，學者大概都沒有什麼不同的意見。但是，什麼是「皇極」，學者的解釋頗有出入。

偽孔傳釋皇為大，釋極為中：

> 皇，大；極，中也。

清·陳壽祺輯《尚書大傳·洪範五行傳》「皇極」作「王極」：

> 建用王極。鄭玄注：王極，或皆為皇極。〔註26〕

宋·蔡沈《書集傳》在「皇建其有極」下注釋皇為君，釋極為至極、標準：

> 皇，君；建，立也；極，猶北極之極，至極之義，標準之名，中立而四方之所取正焉者也。言人君當盡人倫之至，語父子則極其親，而天下之為父子者於此取則焉；語夫婦則極其別，而天下之為夫婦者於此取則焉；語兄弟則極其愛，而天下之為兄弟者於此取則焉。以至一事一物之接，一言一動之發，無不極其義理之當然，而無一毫過不及之差，則極建矣。〔註27〕

清·魏源《書古微》的說法較為特殊：

> 皇，天也。極，即北極，君象也。……聖人本天以為體，本心以

〔註26〕陳壽祺輯《尚書大傳》（四部叢刊經部，上海涵芬樓藏左海文集本），卷三，葉八。
〔註27〕宋蔡沈《書集傳》（北京圖書館藏南宋刻本），書傳四，葉十九。

為用，建於不動，以為眾動之樞《易》有太極，是生兩儀，蓋此謂也。〔註28〕

屈萬里先生《尚書今譯今譯》：

> 皇，君。極，法則。〔註29〕

學者的意見大約不出這幾種，其實和傳本《逸周書‧命訓》「極」字的解釋一樣，關注的焦點不同，看似解釋不同，其實本質是一樣的（魏源的解釋除外）。「極」字其實就是君王治國施政的最高準則。據此，「皇極」的「皇」，應依《尚書大傳》作「王」，「王」字上古音屬為（云）紐陽部、「皇」字屬匣紐陽部，聲母同屬喉音，韻部相同，通假例子甚多。〔註30〕「皇極」即君王治國的最高準則。當然，我們也不能排除另外一種可能，即上列〈洪範〉引文首二字「皇極」仍應作「皇極」，「皇」取「大」義，「皇極」可釋為「大準則、最高準則」。引文中的其他「皇極」本應作「王極」，但受到首二字「皇極」的影響，這些「王極」的「王」字就訛成「皇」（〈洪範〉中提到天子，主要是用「王」字，合乎殷代及西周的習慣），這些句子改正後應作「王建其有極」、「惟王作極」、「王則受之」、「時人斯其惟王之極」、「曰：王，極之敷言」。如依此解，參考屈萬里先生《尚書今注今譯》，「皇極」一段可以語譯如下：

第五是「皇極」：君王要建立治國的準則。聚集五種幸福，用來普遍地施與那些民眾。於是那些民眾就效法你的準則，跟你共同保持這準則了。凡是民眾沒有邪惡的黨派，官員也沒有偏袒他們的私黨的行為，只是以君王（的準則）作為準則。凡是民眾，有計畫有作為又有操守的，你就要把他們常常放在心中。若有人不合法規，但也不至於陷入罪惡，君王就要寬容他。若有人能夠和顏悅色，並且說：「我愛好美德。」你就要賜與他幸福。這種人就會以君王為準則。……天子聚集（領導）諸侯臣民要有準則，諸侯臣民歸附天子也要有準則。以上所說關於君權立的話，是要取法的、是要用來教導民眾的；（若能這樣，）那就是順從上帝了。凡是民眾們，對於上述的話，若能服從能實行，那就可以接近天子的光明了。（民眾所以接近天子的光明，）因為

〔註28〕魏源《書古微》（光緒十四年南菁書院刊本），卷八，葉十七下。
〔註29〕屈萬里《尚書今注今譯》（臺北：臺灣商務印書館，1968 年），頁 75。
〔註30〕參張儒、劉毓慶《漢字通用聲素研究》（太原：山西古籍出版社，2002 年），頁 484。

天子是人民的父母，是天下的君王。〔註31〕

「極」字訓為「極致、準則」，本是「極」字的引申義，後世多見，如：

> 禮豈不至矣哉！立隆以為極，而天下莫之能損益也。（《荀子‧
> 禮論》）

> 聖也者，盡倫者也；王也者，盡制者也；兩盡者，足以為天下極
> 矣。（《荀子‧解蔽》）

但是，把「極」字用在專指君王治國的「最高準則」，除了《尚書‧洪範》
及《逸周書‧命訓》外，別的典籍都沒有見到。因此，這種意義的「極」字應
該是一個極富時代標幟意義的字，可以做為判斷《尚書‧洪範》及《逸周書‧
命訓》著成時代的一個重要依據。近百年來，《尚書‧洪範》的著成時代，討論
較多，結論也較明確。因此，我們可以從《尚書‧洪範》的著成時代去推定《逸
周書‧命訓》的著成時代。

四、從《尚書‧洪範》的著成時代推測〈命訓〉的著成時代

《尚書‧洪範》的著成時代，舊說都以為是武王克商後向箕子請教，箕子
所陳治國大法。1928 年劉節先生撰〈洪範疏證〉，一一條舉〈洪範〉原文的疑
點，以為是戰國人所作，以下是較為重要的部分：〔註32〕

一、「惟十有三祀，王訪於箕子」：十有三祀之年數與《史記》不合。

二、「鯀陻洪水，汨陳其五行」：陰陽五行之說起於戰國，盛於兩漢。

三、「初一曰五行」以下六十五字：漢代學者劉歆、班固、馬融輩皆以為《洛
書》本文。

四、「一：五行……從革作辛；稼穡作甘」：五行兼五味而言，與《呂覽‧
十二紀》、《禮記‧月令》、《淮南子‧時則訓》之說適合。《呂氏春秋》引〈洪範〉
皆著篇名，惟〈十二紀〉所言不舉〈洪範〉之名，足證五行之說在戰國末葉已
流行，不能著一家之言也。

五、「二：五事……貌曰恭；言曰從；視曰明；聽曰聰；思曰容。恭作肅；

〔註31〕 參屈萬里《尚書今注今譯》（臺北：臺灣商務印書館，1968 年），字句酌作修改。
〔註32〕 劉節〈洪範疏證〉，見《東方雜誌》25 卷第 2 期，1928 年，頁 61～76；又見《古
　　　　史辨》第五冊（上海：上海古籍出版社，1982 年），頁 388～403。下列各條楷體部
　　　　分是引劉節原文，細明體則是用我的話來介紹劉說。

從作乂；明作晢；聰作謀，容作聖」：肅、乂、晢、謀、聖五義亦有所本，蓋出於《詩·小雅·小旻》……《詩》義有六，此節其五，其為襲《詩》，顯然有據。

六、「三：八政……八曰師」：八政之目，蓋隱括〈王制〉之義。其說，孫星衍《尚書今古文注疏》及江聲《尚書集注音疏》均言之。

七、「四：五紀……曰：王省唯歲；卿士唯月；師尹惟日……歲，月，日，時無易，百穀用成，乂用明，俊民用章，家用平康。日，月，歲，時既易，百穀用不成，乂用昏不明，俊民用微，家用不寧。……月之從星，則以風雨」：二十八篇自〈堯典〉至〈湯誓〉諸篇多韻句，惟〈禹貢〉與〈洪範〉最著，幾全篇協韻。此章「成，明，章，康，寧」為韻。上章（季案：指上引第五條）「明，恭，從，聰，容」協韻。下章（季案：指下引第九條）「彊，同，逢」協。皆與《詩經》不合。戰國時，東，陽，耕，真諸韻多相協。例在《荀子》最多，《老子》亦然。《詩經》則分別甚嚴。……師尹，三公之官也。……周初卿士與尹氏、大師同為三公之官，而〈洪範〉置之卿士之下。《周禮》大師為下大夫之職。亦可證二書皆非殷周間之作。

八、「五：皇極。皇建其有極。無偏無頗，遵王之義；無有作好，遵王之道……天子作民父母，以為天下王」：「無偏無頗」一節，見於先秦諸子者凡四，見於《左傳》者一……《墨子·兼愛下篇》曰：「……『周詩曰：王道蕩蕩，不偏不黨；王道平平，不黨不偏；其直若矢，其易若底；君子之所履，小人之所視。』……墨子於《書》最熟，且所引皆歷舉篇名，如言〈泰誓〉、〈禹誓〉、〈湯說〉之類。假使此數語確在〈洪範〉，墨子決不名之為詩。且其詞與《小雅·大東篇》略同，所謂「若矢」、「若底」、「所履」、「所視」皆指王道而言，上下連屬為文，其為古詩，當無疑義也。

九、「七：稽疑。擇建立卜筮人，乃命卜筮。曰雨、曰霽、曰圛、曰霿、曰克、曰貞、曰悔，凡七卜。……龜從、筮從、卿士從，是之謂大同，身其康彊，子孫其逢，吉。……」：上虞羅先生……《殷虛書契考釋》曰：「龜卜之事，先取龜之下甲，於其腹之面先鑿為穴而令穿，此之謂『契』。妁火於穴中，色乃焦黑，此之謂『灼』與『致墨』。灼於裏，則縱橫之「坼」自現於表，此之謂「兆」。今〈洪範〉所述卜之五法與此不同，殆即戰國時陰陽五行家附會致墨與兆坼間之五步現象而設其名歟？

十、「九：五福。……惟皇作極……皇則受之……惟皇之極……」：皇之古訓甚多，有訓為大、為美、為光、為宏、為盛者，皆一意之引申……又有訓為王者，乃作名詞用，其義非古。……海甯王先生云：「三皇五帝之稱頗晚，乃戰國時後起之義。皇祖、皇考之稱，亦大義。……」……在春秋戰國以前，皇決無訓王、訓君之說。今〈洪範〉曰：「惟皇作極」「皇則受之」皆作王字解，其非古義可知矣。」

十一、「六極：一曰凶短折；二曰疾；三曰憂；四曰貧；五曰惡；六曰弱」：〈洪範〉所稱「建用皇極」、「惟皇作極」、「錫汝保極」，所謂極者有至善之義。……觀此六極之稱，確有大過至極之義。……五福即五常，為休；六極即六沴，為咎。……然六極之中又有王之不極一義。庶徵條下亦云「一極備凶；一極無凶」，可見〈洪範〉用極，本有休咎二義。時中為休，……時中之義乃儒者之說，可見〈洪範〉必出於儒者之手矣。

劉節先生此文寫得很詳盡，看起來很有說服力。最後結論以為「〈洪範〉之著作時代，當在〈王制〉既出，《呂氏春秋》未成之際」。梁啟超先生為本文作記，盛贊其說，以為「劉君推斷〈洪範〉為戰國末年作品。其最強之證據：如『皇』之用例；如『聖、肅、謀、哲、乂』五名之襲用《詩・小旻》；如『無偏無黨』數語，《墨子》引作周詩；如東、陽、耕、真之叶韻，與《三百篇》不相應。凡此皆經科學方法研究之結果，令反駁者極難容喙」。〔註33〕

郭沫若先生《十批判書》以〈洪範〉為戰國時期思孟學派之儒者所作〔註34〕、在《青銅時代》中則以為「〈洪範〉那篇一定是子思所作的文章」〔註35〕；屈萬里先生《尚書釋義》承劉節先生之說，以為〈洪範〉「本篇之著成，當在鄒衍之前。然則本篇雖未必作於子思；而其著成時代，蓋約當戰國初年也。劉節曾著洪範疏證一文，以為本篇當著成於秦統一之前，戰國之末。其說似未的；茲不取」〔註36〕。屈先生在〈尚書中不可盡信的材料〉列舉五點理由，又

〔註33〕見前注劉節文末梁啟超記。
〔註34〕郭沫若《十批判書》（北京：人民出版社，《郭沫若全集・歷史編・第二卷》，1982年。初版係 1945 年由重慶群益出版社印行），頁 137～138。
〔註35〕郭沫若《青銅時代》（北京：人民出版社，《郭沫若全集・歷史編・第二卷》，1982年。初版係 1945 年 9 月重慶文藝出版社出版），頁 367。
〔註36〕屈萬里《尚書釋義》（臺北：中國文化大學出版部，1980 年），頁 93。案：初版係1956 年由中國文化出版事業委員會印行。

把這個意思重申一次〔註37〕。其後在《尚書釋義》中則把時間提前到戰國初葉至中葉〔註38〕。

此外，主張〈洪範〉晚出的論述還很多，其主要證據大體不出上舉數文，這兒就不煩列舉了。

與此不同，王國維先生的《古史新證》則明確地指出《尚書》中周書之〈牧誓〉、〈洪範〉、〈金縢〉諸篇，「皆當時所作也」。〔註39〕徐復觀先生在〈陰陽五行及其有關文獻的研究〉中第七節〈洪範的成立時代及其中的五行問題〉〔註40〕中指出劉節〈洪範疏證〉一文中的論證，混亂牽附，無一說可以成立，並針對劉節先生的文章中被梁啟超先生盛贊的三點做了詳細的批駁，茲摘其主要論點如下〔註41〕：

一、「聖、肅、謀、哲、乂」五名襲用〈小旻〉。徐文云：肅、乂、哲、謀、聖，在〈洪範〉乃是作為恭、從、明、聰、容的效果，在〈小旻〉則是指一國之中，有各種成就不同的人。所以〈小旻〉詩的五句話，只有五個名詞與〈洪範〉相同，而五個名詞在兩方面所代表的地位，完全不相對稱，因之，這是無法抄襲，也無從發展的。並且這類的論證方法，乃是「轆轤式」的論證方法，即是這種方法可以兩邊移動，同時可以運用作任何一方在先，任何一方在後的證據，所以這是最無價值的論證方法。且在此處說，無寧以〈小旻〉係受〈洪範〉的影響，更為自然而合理。

二、「無偏無黨」數語，《墨子》引作周詩。徐文云：按孫詒讓《墨子閒詁》在此條下注云：「詒讓案：……古《詩》、《書》亦多互稱。《戰國策·秦策》下引詩云『大武遠宅不涉』，即《逸周書·大武篇》所云『遠宅不薄』，可以互

〔註37〕屈萬里〈尚書中不可盡信的材料〉，《新時代》第一卷第三期，1961 年 3 月 15 日；又收入《屈萬里全集》17《屈萬里先生文存》（臺北：聯經出版事業公司，1983）第 1 冊，頁 131～132。

〔註38〕屈萬里《尚書集釋》，收入《屈萬里全集》17《屈萬里先生文存》（臺北：聯經出版事業公司，1983 年）第 1 冊，頁 114～116。

〔註39〕王國維《古史新證》（北京：清華大學出版社，1994 年），第一章，頁 3。

〔註40〕徐復觀〈陰陽五行及其有關文獻的研究〉，《民主評論》第 12 卷 20 期；後收於《中國思想史論集續篇》（臺北：時報文化出版事業有限公司，1982 年），頁 41～111。關於〈洪範〉的討論主要見本篇的〈七、洪範的成立時代及其中的五行問題〉，頁 67～84。

〔註41〕見徐復觀《中國思想史論集續篇》，頁 70～74。

證。」又〈尚同〉中「是以先王之書,《周頌》之道之曰:『載來見彼王,聿求厥章。』」《閒詁》云:「古書《詩》、《書》多互稱。」……我在〈老子其人其書的再考查〉一文中指出:「古人引用典籍,不是出於文獻學的意識,……加以竹簡繁笨,翻閱不易,……有的引述,指出原書原名,有的則不指出,甚至隨便加上個極不明瞭的名稱。」

三、東、陽、耕、真之協韻,與三百篇不相應。徐文云:江有誥《群經韻讀》對劉氏所舉的一段〈洪範〉,其韻讀如下:「歲日月時無易,百穀用成。乂用「明」,俊民用「章」,家用平「康」(陽部)。日月歲時既易,百穀用不「成」,乂用昏不「明」(叶音鳴),俊民用微〔註42〕,家用不「寧」(耕陽通韻)。」由江氏之韻讀,以與劉氏所說「此章成、明、章、康、寧為韻」的說法相比較,即不難發現劉氏對此段用韻觀念的混亂。……綜上所述,可知劉氏以「成」、「明」相協,乃「戰國時協韻之通例」之說,全無根據。則由〈洪範〉尚難論定之「成」、「明」、「寧」之協韻,以斷定其為戰國之書,全是無稽之談。今人好采用此類方法以論斷古典成書時代之風氣頗盛,未免把一點點古韻知識,過分加以神化了。

其後又把屈萬里先生與劉節先生所舉大致相同的材料(但是屈先生據以論定為戰國初年)也分成五點辨析,扣除與上段相同的部分,尚有以下三點(「乙」、「丙」、「丁」是徐文原來的標號)〔註43〕:

（乙）、屈先生以為本篇又云「王省惟歲,卿士惟月,師尹惟日」,「師尹地位在卿士之下,與《詩經》及早期金文皆不合,可知本篇非西周時之作品」。按此亦承劉節之說。……〈節南山〉的師尹,乃「尹氏大師」的約稱,與〈洪範〉之所謂「師尹」性質根本不同。……又據《尚書‧顧命》……百尹乃在師氏虎臣之次,則其地位當然在卿士之下。……又《國語‧魯語下》「是故天子大采朝日,與三公九卿,祖識地德。日中考政,與百官之政事師尹,惟旅牧相,宣序民事」。……則師尹本在三公九卿之下,彰彰甚明。所以西周「師尹」一辭,只能有兩種解釋:一種是韋氏引「王君云,師尹,大夫官也」,

〔註42〕季案:徐氏原文此處「微」字有標識為韻字,經核對江氏原書實無,應為排版之誤。
〔註43〕徐復觀《中國思想史論集續篇》,頁75～79。

此與〈顧命〉相合；另一種即〈洪範〉孔傳「眾正官之吏」。不論哪一種解釋，它的地位皆在卿士之下，〈洪範〉把它列在卿士之下，正可以證明其為殷周官制，何以能反轉來證明〈洪範〉是戰國時的作品呢？

（丙）屈先生根據「《荀子·非十二子》篇，以為五行之說乃子思所倡。……就荀子之說推之，本篇如不成于子思之手，則當成于子思之徒」。屈先生此說，亦出於劉氏，而劉氏則系援章太炎之〈子思孟軻五行說〉以立論。……屈先生根據《荀子·非十二子》篇對子思的說法，而能斷定〈洪範〉為子思或子思之徒所造，則直接說「案往舊造說，謂之五行」的荀子，當然更知道〈洪範〉為子思或子思之徒所造。荀子既知道子思或子思之徒，偽造〈洪範〉的底細，他又是不相信五行之人，但他何以在〈修身〉、〈天論〉兩篇中，兩引〈洪範〉「無有作好」的四句，而偏偏稱之為「《書》曰」，這豈非是一件很可怪的事情？

（丁）《左傳·文公五年》曾引〈洪範〉中「沈潛剛克，高明柔克」二句，襄公三年曾引「無偏無黨，王道蕩蕩」二句，成公六年曾引「三人占，從二人」二句。劉節認為「《左傳》是否先秦舊籍，尚成問題，則《左傳》引書，未可據為典要」，而完全加以抹煞。屈先生則以《左傳》成書約當戰國前期，而〈洪範〉已傳布，且〈洪範〉所代表之物事，尚約而不侈，至鄒衍乃變本加厲，以此證之，可知本篇之著成，當在鄒衍之前，……蓋約當戰國之初年也」（見屈先生《尚書釋義》）。從抹煞《左傳》之地位，到承認《左傳》的地位，把〈洪範〉由鄒衍之後、秦八年之前，提早到戰國初年，這都是屈先生比劉節大大進步的地方。但由屈先生的說法，則似乎《左傳》中的故事，都是作書的人一手想像出來的，《左傳》中二百四十二年的記載，好像實際並不是代表歷史，而只是代表作者一人想像的結構。否則《左傳》中最先引〈洪範〉的是文公五年，……若承認文公五年衛寧嬴引〈洪範〉的話是事實，則是〈洪範〉在春秋的前期已經流行，何能說它著于戰國的初年？

　　徐文以為「〈洪範〉之五行，與鄒衍以後之五行，有本質上的不同，不僅是『約而不侈』。夏禹在治水後，急於重建民生，因而在政治上特重六府或五行的設施，故箕子所傳承的〈洪範〉，首先將其提出，是可以相信的。而〈洪範〉之傳自箕子，也是可以相信的。」〔註44〕其後主張〈洪範〉是西周初年的作品的論述還有不少，比較大規模而詳細討論此一問題的主要有黃忠慎先生的《〈尚書‧洪範〉考辨與解釋》及張華先生的《〈洪範〉與先秦思想》〔註45〕，二書都經過詳細的討論，主張〈洪範〉著成於周初。此外，相關的討論還很多，本文無法一一列舉。丁四新先生〈近九十年《尚書‧洪範》作者及著作時代考證與新證〉〔註46〕把以上這些相關的討論做了綜合整理，我們就把丁文整理的部分擇要做點介紹吧。丁文說：

> 大約（在徐復觀先生）20 年後，顧頡剛的高徒、《尚書》學研究專家劉起釪先生寫成〈《洪範》成書時代考〉一文。……他的結論是這樣的：「現在所見到的〈洪範〉，正是經過層累地加工，經過周代史官粉飾過的，所以其中有他們加工潤飾時順手帶進去的東西。不過大都是西周或東周初所加，至遲不晚於春秋前期。」〔註47〕

丁文又介紹了新出材料中可以證明〈洪範〉作於周初的證據：

> （劉節以為）周初卿士與尹氏、大師，同為三公之官，〈洪範〉置之卿士之下。《周禮》大師為下大夫之職，亦可證二書皆非殷周間之作。」屈萬里在《尚書釋義》中先贊同劉說，後來在《尚書集釋》中又懷疑劉說，云：「按：本篇『師尹』二字，似應作『眾官長』解，而非『師氏』、『尹氏』之合稱。」……如此，作「眾官長」解的「師尹」自可列之於「卿士」之下矣。關於此點，最新的證據來自叔多父盤銘文。李學勤在〈帛書〈五行〉與《尚書‧洪範》〉一文中說：「按金文有卿士、師尹並列的，有叔多父盤，係西周晚期器，銘云

〔註44〕見徐復觀《中國思想史論集續篇》，頁 83。

〔註45〕黃忠慎《〈尚書‧洪範〉考辨與解釋》，政治大學中文研究所碩士論文，1977 年 6 月；2011 年由新北市：花木蘭文化出版社正式出版。張華《〈洪範〉與先秦思想》，吉林大學博士論文，2011 年。

〔註46〕丁四新〈近九十年《尚書‧洪範》作者及著作時代考證與新證〉，《中原文化研究》2013 年第 5 期，2013 年 9 月，頁 12～22。

〔註47〕丁四新〈近九十年《尚書‧洪範》作者及著作時代考證與新證〉，頁 14～15。

『利于辟王、卿士、師尹』，恰與〈洪範〉相合。這證明〈洪範〉肯定是西周時期的文字。……另一新的證據見於豳公盨銘文。豳公盨銘文如下：「天命禹敷土，隨山濬川，迺疇方設征。降民監德，迺自作配，饗民。成父母，生我王；作臣，厥貴唯德。民好明德，顧在天下，用厥昭好。益敬懿德，康無不懋，孝友訏明。……」李學勤認為「成父母」句「指禹有大功於民，成為民之父母」，並指出〈洪範〉「曰：天子作民父母，以為天下王」，與銘文意思相近。裘錫圭更說「成父母，生我王」與〈洪範〉此文「若合符節」。從總體上來看，裘錫圭的論證意圖是很明顯的，這就是力求疏通豳公盨銘文與〈禹貢〉、〈洪範〉，特別是後者的關係。他說：「豳公盨銘中的一些詞語和思想需要以〈洪範〉為背景來加以理解。這說明在鑄造此盨的時代（大概是恭、懿、孝時期），〈洪範〉已是人們所熟悉的經典了。由此看來，〈洪範〉完全有可能在周初已基本寫定。」朱鳳瀚也說：「由於銘文的遣詞用句及某些思想與《尚書》中的〈呂刑〉、〈洪範〉及〈禹貢〉等多有相近處，對於了解這些文獻形成的年代及其思想淵源都是有幫助的。」李零則說「德」在此盨銘文中「處於中心位置」，並具體指出：「銘文所說『好德』，〈洪範〉三言之，《論語》兩言之。」總結四氏的論述，他們都認為此盨銘文與〈洪範〉具有或多或少的關係。其中，裘氏的傾向最為明顯，且事關重大；而李零的指證則很具體、有力。……總之，豳公盨銘文可以證明〈洪範〉乃周初著作的觀點。〔註48〕

從上引這些〈洪範〉著成時代的討論可以得知，經過百餘年來的討論，〈洪範〉著成於周初，在流傳的過程有一些改動，或羼入了一些較晚的字詞，應該已經是定論了。〈洪範〉中的「皇（王）極」不見於後世，應是西周初年的用法。同樣的，《清華伍・命訓》中的「六極」，也是君王治國的六個最高標準。二者的用法完全相同，此外未見其他文獻有把「極」字當作「君王治國的最高標準」這種用法。〈洪範〉是周初的文獻，那麼〈命訓〉也應該是周初的文獻。前引《逸周書・周書序》以為〈度訓〉、〈命訓〉、〈常訓〉都是周文王所作的舊說，應該

〔註48〕丁四新〈近九十年《尚書・洪範》作者及著作時代考證與新證〉，頁16～17。

是可以接受的，縱然三〈訓〉有經過史官的潤色、經過後世傳鈔時羼入的字詞，其基本材料應來自周初。

黃懷信先生以為「三《訓》有可能出自西周。不過以文字觀之，似當為春秋早期的作品」，其理由有三：〔註49〕

一、三篇《序》均以為文王時作，但文辭不古。

二、儘管今本文字經漢人解過，但其原作亦必不早至文王。明顯的證據，如《度訓解》言「明王□爵以明等極」，而「爵」，則是西周政權建立以後始有的東西。

三、《逸周書》多數數（即以「一、二、三、四」之類分陳）之篇，而此篇尤為典型……。此一文體，與《尚書‧洪範》，完全相同。……後世論《洪範》，則多以為是春秋中期的作品。那麼，此篇之作，亦必不晚於春秋中期。因而，有可能本亦在《書》，屬刪《書》之餘。

季案：黃書寫於二十餘年前，有些觀點，可能黃先生現在自己都會加以修正。上列第一點「文辭不古」，並不足以做為時代較晚的證據，甲骨文中很多文句也是「文辭不古」，如《合集》14002：「甲申卜，殼貞：『婦好娩，嘉？』王占曰：『其惟丁娩，嘉。其惟庚娩，引吉。』三旬又一日甲寅娩，不嘉，惟女。」但是從沒有人懷疑它，說它不是商代的文獻。上一個世紀的學者或以為《尚書‧金縢》文辭不古，因此不可能是西周初年之作〔註50〕，現在看來都應該要修正了。

第二點主張「『爵』，則是西周政權建立以後始有的東西」，這也很難做為〈命訓〉不能成於周初的證據。甲骨文中已有侯、伯、田、任、衛等諸侯〔註51〕，甲骨文「戊辰卜韋貞爵子罩」（《藏》241.3）、「□亥卜亙貞罩□爵子白」（《前》5.5.2），李孝定先生以為「爵字或用為動詞，疑即以爵位加人之意」〔註52〕。李

〔註49〕第一、二條見黃懷信《逸周書源流考辨》（西安：西北大學出版社，1992 年），頁91；第三條見頁 94。

〔註50〕見顧頡剛〈詩經的厄運與幸運〉，《詩經二十講》（北京：華夏出版社，2009 年），頁26；屈萬里《尚書釋義》（臺北：中國文化大學出版社，1980 年），頁 102。

〔註51〕參裘錫圭〈甲骨卜辭中所見的「田」「牧」「衛」等職官的研究——兼論「侯」「甸」「男」「衛」等幾種諸侯的起源〉（南京：江蘇古籍出版社，1992 年），頁 343～365；又收入《裘錫圭學術文集‧古代歷史、思想、民俗卷》（上海：復旦大學出版社，2012 年），頁 153～168。

〔註52〕李孝定《甲骨文字集釋》（臺北：中央研究院歷史語言研究所，1965 年），頁 1758。

說雖未必能得到學者一致的認同，但甲骨時代有諸侯爵位的觀念及制度，應是無可懷疑的。殷代已有爵，西周初年何以不能有？「明王□爵以明等極」句中所缺何字無法判斷，即使「設爵以明等極」，也合乎西周初年分封諸侯、鞏固王朝的實際情況。

第三點謂「《逸周書》多數數（即以『一、二、三、四』之類分陳）之篇，而此篇尤為典型……。此一文體，與《尚書‧洪範》，完全相同」。又以為「後世論〈洪範〉，則多以為是春秋中期的作品。那麼，此篇之作，亦必不晚於春秋中期」。但是，我們在上文已討論過〈洪範〉應是周初的作品，那麼同樣以「數」敘述的〈命訓〉自然也有可能與〈洪範〉相近，舊說謂是周初的作品，應可從。

原發表於耶魯－新加坡國大學院陳振傳基金漢學研究委員會主辦、復旦大學出土文獻與古文字研究中心協辦「出土文獻與中國古典學國際學術研討會」，2016 年 4 月 7～10 日。

清華伍《封許之命》「向晨厥德」與 《爾雅》「珍、享：獻也」互證

摘　要

　　清華伍《封許之命》簡 2 有「向晨乎德」句，透過先秦文獻及銅器、出土簡牘的比對，應讀為「享珍厥德」，《爾雅·釋詁》有「珍、享：獻也」，可以證明「晨」應讀為「珍」。反過來說，《封許之命》「向晨乎德」的釋讀，也為《爾雅·釋詁》「珍、享：獻也」之訓添了明確的佐證。本文又從同源的角度，補充了一些與「珍、晨」音近而帶有「享獻」義的例子，加強了這個訓讀的效度。

　　關鍵詞：向晨厥德，尚純厥德，珍享獻

　　清華伍《封許之命》簡 2 有以下的句子：〔註1〕

　　 文王 ……雩（越）才（在）天下，古（故）天𮌋（觀）之乍〈亡〉臭（斁），向晨乎（厥）惪（德）。雁（膺）受大命，𥘈（允）尹三（四）方。

　　雖然殘缺了第一簡，但經原整理者及其他學者的努力，本段的文義大體是

〔註1〕清華大學出土文獻研究與保護中心：《清華大學藏戰國竹簡（伍）》，上海：上海世紀出版社，2015 年 4 月，頁 118。根據簡背的序號，配合文義的判讀，簡 1 目前找不到。

清楚的，主要是說文王膺受大命，允尹四方的經過。只有「向唇乓德」的前二字比較費解。第一字作 🔲，學界多隸為「向」〔註2〕；第二字 🔲 字原整理者依形隸定作唇，《清華伍》拼音檢索表則放在第 227 頁，讀音標為 zhūn。至於這兩個字的具體解釋，各家不同。本文在各家基礎上進行探討，得當與否，請方家指正。

一、清華伍《封許之命》簡 2「向晨乓德」釋義

「向唇乓德」的各家之說，可以分為兩大類，第一類是描述文王修德的作為，第二類是上帝接受文王的表現。第一類各家之說如下：〔註3〕

原整理者讀為「尚純厥德」：

> 唇，即「晨」字，與「純」同為禪母文部，此指文王之德。《詩・維天之命》：「於乎不顯，文王之德之純」。〔註4〕

「向」，原整理者未釋，括號逕讀為「尚」。「向（曉紐陽部）」讀為「尚（禪紐陽部）」，二字上古韻部相同，聲紐相去較遠。但《說文》「尚」從「向」聲，雖然我們知道《說文》的字形分析是錯的，「尚」從「冂（堂）」、「向」從「宀」，二字沒有字形上的關連。〔註5〕但至少《說文》的說法代表許慎當時人對此字讀音的認定。《毛詩・周頌・良耜》「其饟伊黍」，「饟」（書紐陽部），《禮記・郊特牲》鄭玄注引作「餉」（書紐陽部），「餉」字從「向」聲；《郭店・老子乙》「大音祇聲」，今本《老子》作「大音希聲」，「祇」（章母脂部）、「希」（曉母微部），都說明了曉母與舌頭音的關係。因此，雖然有學者強力反對「向」可以讀為「尚」，但這些為數不多的相通例證說明了原整理者讀「向」為「尚」，並不是完全沒道理。不過，原整理者沒有進一步說明通讀為「尚」之後應做

〔註2〕關於此字的形音義及各家異說，可以參看黃德寬《古文字譜系疏證》，北京：商務印書館，2007 年 5 月，頁 1723。徐在國《上博楚簡文字聲系（一〜八）》，合肥：安徽大學出版社，2013 年 12 月，頁 1591。曾憲通、陳偉武主編《出土戰國文獻字詞集釋》，北京：中華書局，2018 年 12 月，卷九，頁 4535 隸為「卿」。

〔註3〕「向晨乓德」的各家之說，參中興大學彭慧玉《清華簡〈封許之命〉研究》，臺中：中興大學中文研究所博士論文，2020 年 12 月。意見相同的只舉最早的一家

〔註4〕清華大學出土文獻與保護中心編、李學勤主編：《清華大學藏戰國竹簡（伍）》（上海：中西書局，2015 年 4 月），頁 118、頁 119，注釋4。

〔註5〕參陳劍《金文字詞零釋（四則）》，張光裕、黃德寬主編《古文字學論彙》，安徽大學，2008 年。

何解釋。「唇（以下直接寫作「晨」）」、「純」聲韻畢同，可以通假，沒有問題。

馬楠女士舉了不少《尚書》、《詩經》等典籍通讀的例證，提出「唇」疑讀為「祇」，為「敬」之意。其說沒有特別解釋「向」；所釋「祇厥德」為文王祇敬其自身的德行。〔註6〕「暮四郎」先生讀𩵋為「慎」，並舉《墨子·非命下》：「不慎厥德」為書證，應是以為與簡文「向晨厥德」同例。〔註7〕「海天遊蹤」先生將𩵋隸為「辰」，讀為「振」；「向」字則考慮讀為「廣」。〔註8〕張富海先生以為「唇」支持讀為「祇」；「向」則讀為「竟」，為「剛強」的意思。〔註9〕不過，文獻中目前看不到「竟純」或「竟祇」這樣的組合。高佑仁先生贊成讀「唇」為「祇」，讀「向」為「尚」。「尚祇厥德」是表示文王的道德崇尚敬誠。〔註10〕

第二類解釋是由「shanshan」先生提出，讀「向」為「享」：

> 「向」的賓語是「德」（接下就是「膺受大命」），比較《祭公之顧命》「卿（享）其明德，付畀四方，用膺受天之命」，顯然「向」應讀為「享」。「德」之可享、可厭，參看蔣文先生的博士論文。
> 〔註11〕

此說讀「向」（曉紐陽部）為「享」（曉紐陽部），二字上古音聲韻畢同，通假沒有問題。把「向晨厥德」的主語換成「上帝」，與其他學者以為是「文王」完全不同。其說言簡意略，加上沒有解釋「晨」，所以這個說法提出之後，似乎沒有什麼學者同意。不過，我們認為這個說法值得重視。

蔣文女士的博士論文舉了《尚書·呂刑》、〈酒誥〉、《國語·周語上》、《左傳·僖公五年》，以及銅器獄簋、衛簋之例，說明古代有明德馨香的觀念；又引

〔註6〕清華大學出土文獻讀書會：〈清華簡第五冊整理報告補正〉，2015年4月8日，清華大學出土文獻研究與保護中心網站。

〔註7〕武漢網「簡帛論壇」〈清華五《封許之命》初讀〉13樓，2015年4月10日。

〔註8〕武漢網「簡帛論壇」〈清華五《封許之命》初讀〉46樓，2015年4月24日（引者案：海天遊蹤原在47樓提出讀為「廣」或「響」的意見，後來刪除了這個意見，回查時間：2018年7月3日）。

〔註9〕張富海：〈清華簡字詞補釋三則〉，《古文字研究》三十一輯，北京：中華書局，2016年10月，頁353。

〔註10〕高佑仁：《《清華伍》書類文獻研究》，臺北：萬卷樓圖書有限公司，2018年3月，頁283。

〔註11〕武漢網「簡帛論壇」〈清華五《封許之命》初讀〉56樓，2020年8月9日。

裘錫圭先生〈獄簋銘補釋〉一文，說明古代哲人認為祭祀者必須有馨香之德，登聞於神，神才會接受他的祭祀，祭品的馨香才會起作用。〔註 12〕這些觀點都是對的。

「shanshan」先生說「比較《祭公之顧命》『卿（享）其明德，付畀四方，用膺受天之命』，顯然『向』應讀為『享』」。這是很關鍵的一個證據。清華壹《祭公之顧命》簡 4-5 的一段話，其內容是周人認為上帝觀察並「卿／享」了領導者的德行之後，才會畀予天命。為了讓讀者更清楚地瞭解內容，我們把《祭公之顧命》的原文多引一些：

> 緟（朕）之皇且（祖）周文王、剌（烈）且（祖）武王，厇（宅）下邘（國），复（作）戜（陳—甸）周邦。佳（惟）寺（時）皇上帝厇（宅—度）亓（其）心，卿（享）亓（其）明惪（德），宭（府—付）畀四方，甬（用）纏（膺）受天之命，叀（敷）䎽（聞）才（在）下。

兩種文獻以表格對照，其表述幾乎完全相同，都是：先王—上帝觀之、享其德—受命。

祭公之顧命	封許之命
朕之皇祖周文王、烈祖武王，宅下國，作甸周邦	……（文王）越在天下
惟時皇上帝度其心	故天觀之亡斁
享其明德	向晨厥德
付畀四方，用膺受天之命	膺受大命，允尹四方

「享其明德」，是上帝歆享文王、武王的明德；「向晨厥德」應該也是上帝「向晨」文王之德。因此，「晨」的意義應該與「向／享」相近或相關。從這個角度出發，我們認為「晨」可以讀為「珍」。《爾雅·釋詁》：「珍、享：獻也。」郭璞注：「珍物宜獻。《穀梁傳》曰：『諸侯不享覿。』」邢疏：「致物於尊者曰獻。珍者，珍物宜獻也。享者，《周禮·大行人》云：『廟中將幣三享。』司農云：『三享，三獻也。』郭云『《穀梁傳》曰諸侯不享覿』者，隱五年文。」〔註13〕晨，禪紐文部；珍，知紐真部，二字上古聲都屬舌頭，真文旁轉。「晨」讀為

〔註12〕蔣文：《先秦秦漢出土文獻與《詩經》文本的校勘和解讀》，上海：中西書局，2019年，頁 169～170。

〔註13〕《十三經注疏·爾雅》，臺北：藝文印書館，1955 年，頁 28。

「珍」，訓為「享、獻」，應無可疑。

對「享」字為什麼有「獻」的意思，郭璞舉了《穀梁傳》的書證，邢昺也舉了《周禮》的書證。古漢語施受同詞，因此「享、獻」可以是人對神的祭祀奉獻，也可以是神接受人的祭祀奉獻，同樣的，《爾雅・釋詁》「珍、享：獻也」的「珍」當然也可以表示神接受人的祭祀奉獻。

採用這個解釋，會有一個比較棘手的問題，即《封許之命》這幾句的主語變換得很快：一、四、五句的主語是「文王」，二、三句的主語是「天」，整個敘述如下（括弧中的字是我們為了標識主語而加上去的，下同）：

> （文王）越在天下，故（上天）觀之亡斁，享珍厥德，（文王）膺受大命，允尹四方。

這種古文敘述語法，主語靈活轉換的方式，與今人的敘述語法習慣不同，其實不是問題。依照前舉第一類學者的訓釋，這個現象仍然存在，只是敘述變成：

> （文王）越在天下，故「天」觀之亡斁，（文王）向晨厥德，膺受大命，允尹四方。

在敘述文王的文句中，插入敘述上天的句子，是一種補充說明，這是古人常見敘述方式，如前引《祭公之顧命》的敘述語法也是一樣的：

> 惟時皇上帝度其心，朕之皇祖周文王、烈祖武王，宅下國，作向周邦，（上帝）享其明德，付畀四方，（文王）用膺受天之命

整段敘述的主語也是在上帝、文武、上帝、文王不斷遞換，後三句主語省略，學者們並不覺得不妥。《封許之命》情況類似，主語變化不是問題。真正的問題是「向晨厥德」應如何解釋。前舉第一類解釋主要存在著通讀聲韻不夠密合，或缺乏書證，或書證不夠恰當的問題，因此我們覺得不夠理想。第二類解釋聲韻密合，書證堅實，應該是比較合理的。

二、《爾雅・釋詁》「珍、享：獻也」「珍」字探義

《爾雅・釋詁》「珍、享：獻也」的「享」與「獻」，學者大體都沒有太多不同的意見。但是，對於「珍」為什麼有「獻」的意思，大家其實都說不清楚。《爾雅・釋詁》郭璞注只說：「珍物宜獻。」邢疏也未能做任何有力的說明。就

語意學來看，「珍物宜獻」這種解釋是缺乏說服力的。

《文選》有「旄裘之王，胡貉之長，移珍來享，抗手稱臣」句，六臣注云：

> 如淳曰：「以物與人曰移。」……犍為舍人《爾雅注》曰：「獻珍
> 物曰珍，獻食物曰享。」……翰曰：「言胡貉之君長，聞仁惠之風，
> 皆奉珍來享，稱臣於我王也。」〔註14〕

看得出，六臣注對「珍」的意見與犍為舍人不同。犍為舍人注以為「獻珍物曰珍」，把「珍」當成動詞；李周翰則釋為「奉珍來享」，把「珍」當成名詞。雖然古漢語常常是名動不分，但就〈羽獵賦〉上下文來看，「移珍來享」的「珍」應以李周翰釋為「珍物」較為合理。可是，要把「珍」釋為「享獻」，又找不出其他材料，所以引〈羽獵賦〉犍為舍人的注解，完全無助於《爾雅》「珍，享：獻也」的訓詁。

郝懿行《爾雅義疏》對「珍」釋為「獻」補充了一些《周禮》、《王制》與「珍」有關的材料，但實際上也與「享獻」的關係不大：

> 《公羊·隱五年》經云「初獻六羽」，何休注：「獻者，下奉上之
> 辭。」……珍者，上文云「美也」，是美之獻也。《文選·羽獵賦》
> 引犍為舍人云：「獻珍物曰珍，獻食物曰享。」今按：舍人注但舉一
> 邊耳，實則《周禮·膳夫》「珍用八物」，皆謂食物。〈王制〉云「八
> 十常珍」，又云「就其室以珍從」，是獻食物稱珍也。〔註15〕

「珍」從玉，本義是珍貴的玉石，自可引申指一切珍貴的東西，包括食物。郝氏所舉書證中的「珍」都是指珍美的食物，但是，這些書證都和「享獻」沒有什麼關係，我們也無法從這些書證瞭解為什麼「珍」可以有「獻也」的意義。

南開大學徐朝華先生《爾雅今注》指出，奉獻珍奇物品不用「珍」而用「享」：

> 珍，珍奇的物品。珍奇的物品是古代奉獻的禮物。「珍」有時也
> 表示奉獻的意義。《昭明文選·羽獵賦》李善注引犍為舍人云：「獻
> 珍物曰珍，獻食物曰享。」但在一般情況下，奉獻珍奇物品不用珍

〔註14〕六臣注《文選》，張元濟主編《四部叢刊·集部》，卷第八，葉七十一。
〔註15〕郝懿行《爾雅義疏》，同治四年郝氏家刻本，頁437。

而用享。〔註16〕

　　其說雖沒有明白地反對「珍」有「享獻」的意義，但意思已經很明顯了。直到俞樾《群經平議》才提出了比較合理的說法：

　　　　（郭）注曰：珍物宜獻。樾謹按：珍物雖宜獻，而獻物不可即謂之珍。注意非也。珍與昣通，〈釋言〉曰：「昣，致也。」即此經珍字。昣為致，故珍為獻，文異而義通。上文曰「昣，告也」，告與致義亦相近。《禮記・少儀》篇曰：「致膳於君子。」又曰：「凡膳告於君子。」致、告並即獻也。郭氏此注，未免泥乎其形矣。

　　俞氏以為「珍」與「昣」通，「昣」可訓為「致」，因此「珍」也可以訓為「致」；「致」、「告」並為「獻」，為「珍」有「享獻」義找到了語源學的根據。古漢語施受同詞，「享獻」可以有受動用法「受享獻」的意義，理論上「致」也可以有「受致」的意義。〔註17〕不過，俞氏此處先把「珍」通為「昣」，然後據〈釋言〉釋為「致」，「致」有「告」義，「致告」並即「獻」，因此得出「珍」有「獻」義。輾轉為訓，相當曲折，不如直接把「珍」讀為「致」。「致」（知紐脂部）與「珍」（知紐真部）、「晨」（禪紐文部）聲韻都近，可以直接通假。

　　清華壹〈祭公之顧命〉「隹（惟）寺（時）皇上帝尼（宅―度）亓（其）心，卿（享）亓（其）明惠（德）」句，今本《逸周書・祭公》作「維皇皇上帝，度其心，寔之明德」，「寔之明德」一句，孔晁注釋為「（天）寔明德於其身」，潘振釋「寔」為「置」、陳逢衡釋為「示」、唐大沛釋為「置」，〔註18〕蕭旭先生《清華竹簡〈祭公之顧命〉校補》主張「寔」為「著」之誤。〔註19〕此字究竟應如何解釋，當然可以再思考。由於有清華壹〈祭公之顧命〉的對讀，再加上清華伍《封許之命》「向晨厥德」的最新理解，我們以為《逸周書・祭公》此句可能本來作「晨之明德」或「珍之明德」（與簡文「卿（享）」屬同義換讀），秦漢以後「晨／珍」這種「享獻」的詞義因為罕用而漸漸不為人所熟知，於是由「晨／

─────────────────

〔註16〕徐朝華《爾雅今注》，天津：南開大學出版社，1994 年 10 月，頁 71。

〔註17〕裘錫圭《漢簡零拾》指出「致可以當送給、給予講，也可以當把東西弄到自己這裏來講」，見《裘錫圭學術文集》（第二卷），復旦大學出版社，2012 年 10 月，頁 80～81。

〔註18〕以上各說，參黃懷信《逸周書彙校集注》，上海：上海古籍出版社，1995 年 12 月，頁 989～990。

〔註19〕蕭旭〈清華竹簡《祭公之顧命》校補〉，復旦網，2011 年 1 月 1 日。

珍」音近訛為「真」，再由「真」形音俱近而訛為「寘」。另外一個可能就是「晨／珍」以音義俱近換為「致」，「致」再以音近訛為「寘」。

三、「珍、享，獻也」語源探討

以上引《爾雅》「珍、享，獻也」已足以證明「晨」讀為「珍」可以有「享獻」之義。為了增強說服力，以下，我們從同源詞的角度，再找出一些帶有享獻義的詞，或許更能輔助說明「珍」可以有「享獻」義：

脤：祭肉。《穀梁傳・隱公九年》「天王使石尚來歸脤」，范寧注：「脤，祭肉。天子祭畢，以之賜同姓諸侯。……生曰脤，熟曰膰。」

祳：《說文》：「社肉，盛以蜃，故謂之祳。天子所以親遺同姓。」《玉篇》：「祭社生肉。」幾乎所有注解家都同意「脤」「祳」為一字之異體。

薦：祭進熟食。《論語・鄉黨》「君賜腥，必熟而薦之。」注：「孔曰：薦其先祖。」

進：同「薦」。《儀禮・鄉射禮》：「主人阼階上拜送爵，賓少退，薦脯醢。」鄭玄注：「薦，進。」《孟子・離婁上》：「曾元養曾子必有酒肉，將徹，不請所與。問有餘，曰：『亡矣。』將以復進也。此所謂養口體者也。」

賮：會面時所贈送之禮物，《說文》：「賮：會禮也。」引申為贈別之禮物，《孟子・公孫丑下》：「予將有遠行，行者必以贐。」「贐」同「賮」。

「珍」（知紐真部）、「晨」（禪紐文部）、「致」（知紐脂部）、「脤、祳」（禪紐文部）、「薦」（精紐文部）、「進」（精紐真部）、「賮」（從紐真部）諸字聲韻俱近，也都有「致送享獻」之義，上古施受同辭，因此也可以有「受致送享獻」之義。這就為「向晨乎德」當讀為「享珍厥德」提供了更多的支撐。

【補案】本文曾於 2020 年 11 月 21～22 日在南京大學漢語史研究所「漢語史研究的材料、方法與學術史觀國際學術研討會」發表，今對內容作了較多修訂。

從清華簡談仁的源起

　　「仁」是儒家學說中最重要的一種德行，歷代對此字的探討極多。近二十年，戰國楚簡大量出土，其「仁」字寫成「㥁」、「忎」、「㤵」、「𢘆」等字形，引起學者對「仁」字的形義進行探討。近年，清華大學藏戰國竹簡的出版，讓我們對「仁」字又可以有更清楚的認識。本文藉著《清華大學藏戰國竹簡（壹）》及清華簡〈殷高宗問于三壽〉的材料，指出「仁」的概念最早應起於殷周之際，《尚書・洪範》已蘊含「仁」的雛形；〈金縢〉的「予仁若巧能」的「仁」字即應釋為「仁」，且包涵有「慈愛」的意義，不需要釋為「佞」。此一時期「仁」的主要對象為貴族的最高層，「仁」的內涵主要為胸眾愛人，外延包括儀容才能。西周春秋時期「仁」的對象擴大為一般貴族，其外延亦擴大為各種才能。東周以後漸重在德行表現，在孔子學說中則特別側重內在諸德，孟子學說中則特別側重「愛人」。

一、「仁」字涵義之史的觀察

　　1954 年，屈萬里先生寫了〈仁字涵義之史的觀察〉〔註1〕，對「仁」字的歷史發展提出了以下的觀點，扼要整理如下：

　　一、殷代及西周文獻中無「仁」字：

〔註 1〕屈萬里：〈仁字涵義之史的觀察〉，《民主評論》1954 年第 5 卷 23 期，第 700～704 頁。

唐堯、虞舜、夏禹這些傳說中的仁君，我們先不必說；就是商湯和周文王、武王這些信史裡的仁君，那「仁」字的尊號，也必然是很後的後世才加給他們的。因為在商代和西周時期，這個最被我們所熟知的仁字，已否出生，還成問題。它之成為人的美德，不用說是遲之又遲了。

甲骨中沒有仁字，早期的金文中沒有仁字，《詩》《書》《易》三書中屬於西周時代的作品裡也沒有仁字。……因此，我雖然不敢斷然地說，西周和其以前還沒有仁字；但仁字不見於現存的，真正可信的西周時代的文獻中，則是鐵的事實。

二、「仁」字在孔子以前，它的涵義是窄狹的，它還不成為作人的最高準則：

東周以來，雖已經有了仁字，而且雖也把仁當作一種美德，但強調仁字，使它成為做人的最高準則，使它成為一個學說，則實從孔子開始。孔子以前，仁，不但不成為學說；連仁字的意義，有的也很含混而不易確定。

（一）《詩經》裡兩處「美且仁」的「仁」字，最自然的頌詞是勇武、矯健等字樣。

（二）《尚書・金縢》「予仁若考」的「仁」字是否「慈愛」的意思，還有推敲的餘地。

（三）《論語・堯曰》引《尚書》逸文「不如仁人」的「仁」字可以確定作「愛」字解。

（四）「仁」字在《國語》一書中可以確定其義的，都是「愛」或由「愛」所引申的意思。

（五）《左傳》裡的「仁」字意義比《國語》複雜，《左傳》裡「仁」字的意義，很和《論語》裡的「仁」字近似，我以為這是《左傳》的作者受了孔子的影響所致。

（六）《老子》成書，不但在孔子以後，而且還後於《孟子》。五千言中，有七處提到仁字；在這七條中，仁義二字連言的有一處，仁義二字對舉的有三處。由此現象看來，可以證明其成書晚於《孟子》。更何況那七個仁字，都是「愛」的意思。那麼，孔子的仁道學說，不會受到《老子》的影響，是不言而喻的了。

（七）《周書》中約二十五個「仁」字，其中可以見義的，多半是「愛」的

意思,只有〈官人〉篇中的一條,其意義和《論語》的「仁」字相近。

　　三、「仁」字到了孔子,它的涵義擴大了,它幾乎包括了人類全部的美德,它成了做人的最高準則:

　　(一)仁道如此重要,但我們打開《論語》,對於仁字的涵義,頗使人有迷惘之感。孝弟和篤厚於親屬,都可以謂之仁;「讓」也謂之仁;恭敬、寬恕、忠、信、敏、惠,也都是仁的一端;剛毅、木訥,也都屬於仁。此外,克己復禮謂之仁、明哲保身也謂之仁,而「愛人」乃是仁的最高境界。

　　(二)「仁」是孔子理想上做人的最高準則,對自己來說,要能謹厚、誠樸、訥訥、剛毅;對家屬來說,要能孝弟、慈愛;對他人來說,要能恭敬、禮讓、寬恕、信實;對國家來說,要能忠君和敬事(負責任);對人類來說,要能博施濟眾,己欲立而立人,己欲達而達人。它完全以「人」為對象,而不以「物質」為對象。所以只打算自己如何作人,如何待人,如何成就人;它從未說到如何作物質的享受。它的出發點,是始於親屬之愛(孝弟為仁之本);它的最終目的,是歸結到人類之愛(己立立人,己達達人)。它的細枝末節,難免因時變而不盡可行;但它的基本精神,我相信是千古不磨的。

　　三、孟子言「仁」,只把握著「愛人」這一意義,比孔子之「仁」的涵義狹窄多了。

　　屈先生的分析簡明扼要,大體也相當合適。不過,由於太執著於「拿證據來」的實證精神,所以對史料較為不足的殷商西周部分,其論述明顯地不夠圓融。例如:以為《詩經》裡兩處「美且仁」的「仁」字,只是是勇武、矯健等意義;以老子書中「仁義」連用,證明《老子》成書不但在孔子以後,而且還後於《孟子》……。這些論述,現在看來,都可以再討論。

　　一種思想或德行,尤其是像「仁」這麼重要而精微的思想德行,應該是代代相傳,有因有革,與時推移,逐漸形成的。我們很難相信,殷代西周沒有「仁」的類似概念,到了東周會突然產生。因此,我們相信「仁」的概念是漸漸形成的,「仁」字也許較晚出現,或字形較晚凝固,但「仁」的概念應該是至遲在殷末周初就應該要出現了,只是其具體內容和儒家所詮釋的不完全一樣。

　　本文以為,「仁」的定義應指「人之所以為人的特質與表現」,具體分析可以包括內涵和外延兩部分,內涵部分主要為「卹眾愛人」,外延部分指儀容、能

力及其他種種德行。「仁」的發展可以分成四期：

一、「仁」的起源應在殷末周初，殷紂王暴虐無道，文王以其道德形象與治國能力樹立了「仁」的典範。武王滅商後，向箕子請教治國大法，這位被孔子稱為「殷三仁人」之一的箕子在他向武王提出的〈洪範〉篇中，對治國者的期許與文王的形象是頗為切合「仁」的要求。這時候的「仁」應指：「身為一個領導者應有的特質與表現」。衣服儀表端正，容貌態度恭敬，思言視聽能力傑出，體卹人民，兼聽從眾，恭敬神明……等屬之。代表人物為微子、箕子、比干、文王、武王、周公等。

二、西周至孔子以前：這個時期，「仁」的對象擴大到廣大的貴族；「仁」的具體內容可以定義為：「身為一個貴族應有的特質與表現」。前期的「衣服儀表端正，容貌態度恭敬，思言視聽能力傑出，體卹人民，兼聽從眾，恭敬神明……等」都仍然包括在內，但一般貴族的其他傑出表現也可以用「仁」來形容。

三、「仁」字到了孔子，它的對象更形擴大為「知識分子」，因此其定義可以說成：「身為一個知識分子應有的特質與表現」。前引屈文說：它的涵義擴大了，它幾乎包括了人類全部的美德，它成了做人的最高準則。

四、孟子言「仁」，主要指「愛人」。

詳細討論如下。

二、殷代以前不可能有「仁」的概念

人類的道德都是配合社會演進而發展的，「仁」當然也不能例外。殷商以前，相關的資料太少，難以討論，但討論殷商，就可以推論殷商之前的大概情況了。殷商雖然已經具備了非常發達的國家型態，但社會階級中貴族、平民、奴隸的區分相當嚴格。殷代權力的來源是由天命，因此極重視祭祀與占卜；統治者對不服命令者，則以刑罰或戰爭對付，孟世凱先生《商史和商代文明》對這時期的神權與王權有如下的說明：

《禮記・表記》謂：

> 殷人尊神，率民以事神，先鬼而後禮，先罰而後賞，尊而不親。

> 這是對商王朝迷信鬼神作了一個概括性的表述，即：商王室領

導全民敬事鬼神，重鬼神輕禮教，重罰輕賞，雖有尊嚴但不可以親近。這不僅在其他古文獻中有所記述，商周甲骨文中也得到充分的印證。商王朝對鬼神的迷信仍是沿襲遠古的宗教使用占卜術來「通神」，以此來決斷社會生活中所要做的一切事情。

……商王頒布的一切「詔書」都說成是神的意志，這是具有權威性的最高指示。要是有人反對或不執行，就會按照神的指示用王法來懲罰；如果有人陽奉陰違，或暗中搞亂，神一定會知曉而降禍於他。故人們只有擁護神權，聽神的話，信神敬神，才會得以平安地生存。〔註2〕

在這種王權建立於神權的型態下，人權是沒有發展的空間的。因此，商代（及商代之前）應該不會產生「仁愛」的「仁」這種德行。縱然湯滅夏桀時，聲討夏桀的罪狀是：「夏王率遏眾力，率割夏邑，有眾率怠弗協」——其說似乎近於「卹民」思想，由此好像可以發展出「仁」的概念。不過，由於社會型態沒有改變，階級制度嚴明，因此，在既滅夏之後，這種近似「恤民」的思想漸漸就沈寂了，沒有繼續發展成「仁」的概念。

三、殷末周初「仁」的概念的形成

殷朝末年，紂王倒行逆施，文王起而救之，《上博二·容成氏》的描述如下：

紂不述其先王之道，自爲改爲，於是乎作爲九成之臺。寘盂炭其下，加圜木於其上，使民道之，能遂者遂，不能遂者，入而死。不從命者，從而桎梏之，於是乎作爲金桎三千。既爲金桎，又爲酒池，厚樂於酒，博弈爲淫，不聽其邦之政。於是乎九邦叛之：豐、鎬、州、石、于、鹿、邘、崇、密須氏。文王聞之，曰：「雖君亡道，臣敢勿事乎？雖父亡道，子敢勿事乎？孰天子而可反？」紂聞之，乃出文王於夏臺之下而問焉，曰：「九邦者其可來乎？」文王曰：「可。」文王於是乎素端黲裳九邦，七邦來服，豐、鎬不服。文王乃起師以嚮豐、鎬，三鼓而進之，三鼓而退之，曰：「吾所知多矣：一人爲亡

〔註2〕孟世凱《商史和商代文明》（上海：上海科學技術文獻出版社，2007 年 4 月），頁147、149。

道，百姓其何罪？」豐、鎬之民聞之，乃降文王。文王持故時而教
民時，高下肥磽之利盡知之，知天之道，知地之利，使民不疾。昔
者文王之佐紂也，如是狀也。〔註3〕

　　面對前朝的暴政，文王口口聲聲「百姓其何罪」，所謂「仁愛」的觀念，
自然會從此誕生。而在殷商內部，面對殷紂王的淫亂暴虐，微子憂憤去國，
比干強諫而死，箕子佯狂為奴，孔子曾讚美這三位殷代的賢人：「殷有三仁焉。」
〔註4〕這也說明了在孔子的觀念中，殷代這三位賢人的表現夠得上「仁」，他
們知道為政要卹民才能得民心，因此，「仁」的概念在這時應該產生了。

　　微子、比干沒有留下著作，但三仁之一的箕子，在武王克商之後，曾向周
武王講授了〈洪範〉一篇，其中包括：五行、五事、八政、五紀、皇極、三德、
稽疑、庶徵、五福、六極，這就是〈洪範〉九疇，內容相當豐富，其中對天子
的要求，與西周早期的「仁」的概念相當接近。〈洪範〉中對天子的要求，主要
見於以下四段：

　　五事：一曰貌，二曰言，三曰視，四曰聽，五曰思。貌曰恭，
言曰從，視曰明，聽曰聰，思曰睿。恭作肅，從作乂，明作晢，聰
作謀，睿作聖。

　　皇極：……凡厥庶民，有猷有為有守，汝則念之。不協于極，
不罹于咎，皇則受之。而康而色，曰：「予攸好德。」汝則錫之福。
時人斯其惟皇之極。無虐煢獨而畏高明。人之有能有為，使羞其行，
而邦其昌。凡厥正人，既富方穀，汝弗能使有好於而家，時人斯其
辜。于其無好德，汝雖錫之福，其作汝用咎。……曰天子作民父母，
以為天下王。

　　三德：一曰正直，二曰剛克，三曰柔克。平康正直，強弗友剛
克，燮友柔克。沈潛剛克，高明柔克。惟辟作福，惟辟作威，惟辟
玉食，臣無有作福作威玉食。臣之有作福作威玉食，其害于而家，
凶於而國。人用側頗僻，民用僭忒。

〔註3〕季旭昇主編《上海博物館藏戰國楚竹書（二）讀本》（臺北：萬卷樓圖書公司，2003
　　　年7月），頁172。這兒的引文又參考了各家說法，稍有修訂。
〔註4〕見《論語·微子》篇。

稽疑：……三人占，則從二人之言。汝則有大疑，謀及乃心，謀

及卿士，謀及庶人，謀及卜筮……。〔註5〕

〈洪範〉篇中所呈顯的政治道德，歸納起來大約有以下幾點：

一、重視領導者個人能力修為：一曰貌，二曰言，三曰視，四曰聽，五曰
　　思。

二、重視有為有守的庶民。如：「凡厥庶民，有猷有為有守，汝則念之」、
　　「人之有能有為，使羞其行，而邦其昌。」

三、獎勵「好德」，如：「而康而色，曰：『予攸好德。』汝則錫之福」、「凡
　　厥正人，既富方穀，汝弗能使有好於而家，時人斯其辜。于其無好德，
　　汝雖錫之福，其作汝用咎。」

四、卹民。如：「無虐煢獨而畏高明」、「天子作民父母，以為天下王。」

五、剛柔並濟。如：「三德：一曰正直，二曰剛克，三曰柔克。」

六、兼聽從眾，見「稽疑」。

〈洪範〉所呈顯的政治道德，大部分與殷商的社會發展是吻合的，只有少
部分，恐怕不是殷代所能產生的，如「天子作民父母」、「無虐煢獨而畏高明」，
以及好幾處對「民」、「庶民」的重視。我們當然可以理解為：這是箕子鑑於殷
紂的滅亡，深刻反省之後的想法，而這種想法也確實能和文武周公的政治理想
合拍。

〈洪範〉中最讓人費解的是「五事」，以往注解家對「五事」，很難說得讓
人明白──尤其是「五事」中的「貌」，為什麼可以列為治國之大法的一項。

孔《傳》對「五事」的解釋相當平實（括號中小字為孔《傳》）：

五事一曰貌（容儀），二曰言（詞章），三曰視（觀正），四曰聽（察是

非），五曰思（心慮所行）。貌曰恭（儼恪），言曰從（是則可從），視曰明（必

清審），聽曰聰（必微諦），思曰睿（必通於微）。恭作肅（心敬），從作乂（可

以治），明作哲（照了），聰作謀（所謀必成當），睿作聖（於事無不通謂之聖）。

〔註6〕

〔註5〕參李學勤主編《十三經注疏（整理本）·尚書正義》（北京：北京大學出版社，1999
　　　年12月），頁359～377。

〔註6〕見李學勤主編《十三經注疏（標點本）·尚書》（北京：北京大學出版社，1999年12
　　　月），頁359。

　　正義引鄭玄謂「此數本諸陰陽，昭明人相見之次也」，又引伏生《五行傳》「貌屬木，言屬金，視屬火，聽屬水，思屬土」為證，[註7]把孔《傳》很平實的解釋導入陰陽五行，雖然和商代尊神先鬼的性格吻合，但恐怕不是〈洪範〉的本義。其餘談者多家，此不具引。我們可以簡單地說，這一段箕子告訴武王領導者應具備的個人修為，如果再加上篇中其他「天子作民父母」、「無虐煢獨而畏高明」等愛民思想，倒是與我們現今所認識的周初的「仁」的觀念頗為相近，與下面要談的〈殷高宗問于三壽〉中的「仁」也非常切合。

　　這時候的「仁」，應該是針對貴族最高層所應有的表現，以恤民為基調，才德兼備，內外皆美。

　　繼承文王、箕子「仁」的觀念，表現得最完美的，應該是周公。周公贊美自己「仁若考能」，見《尚書·金縢》：「予仁若考能多材多藝事能事鬼神。」這一小段話，歷來眾說紛紜，難有定論，如果以「仁」字的訓詁分類，大約有三種主要的說法：

　　一、訓「仁」為「仁愛」。偽孔《傳》云：

　　　　我周公仁能順父，又多材多藝，能事鬼神。[註8]

這是把全句斷讀為「予仁若考，能多材多藝，能事鬼神」，訓「若」為「順」、訓「考」為「父考」。「仁」字並未特別解釋。蘇軾云：「我仁孝，能順父祖，且多材多藝。」[註9]吳澄云：「周公謂我之仁德如父，又多材多藝。」[註10]其意應釋為孔門「仁」德之意。其後各家訓善、訓愛、訓仁愛，多屬此類。

　　二、訓「仁」為「佞」，義為「才」。俞樾《群經平議》云：

　　　　「仁」當讀為「佞」。《說文·女部》：「佞，巧讇高材也。」大徐
　　　　本「從女，信省。」小徐本作「從女，仁聲。」段氏玉裁曰：「《晉
　　　　語》：『佞之見佞，果喪其田』。古音『佞』與『田』韻，則『仁』聲

〔註7〕見李學勤主編《十三經注疏（標點本）·尚書》（北京：北京大學出版社，1999年12月），頁361。

〔註8〕〔漢〕孔安國傳，〔唐〕孔穎達等正義：《尚書注疏》（臺北，藝文印書館1965年景印嘉慶20年江西南昌府學院元《重栞宋本十三經注疏》本），卷13，葉8。

〔註9〕〔北宋〕蘇軾撰，舒大剛、張尚英點校：《東坡書傳》，曾棗莊、舒大剛主編：《三蘇全書》（北京，語文出版社，2001年11月），頁95。

〔註10〕屈萬里：〈仁字涵義之史的觀察〉，《民主評論》1954年第5卷23期，第700～704頁。

是也。」「佞」從「仁」聲故得叚「仁」為之。「予仁若考」者，予佞而巧也。「佞」與「巧」義相近，「仁」與「巧」則不類矣。《史記‧周本紀》「為人佞巧」。亦以「佞巧」連文，是其證也。古人謂「才」為「佞」，故自謙曰「不佞」。佞而巧，故多材多藝、能事鬼神也。〔註11〕

曾運乾訓「仁若」為「柔順」，〔註12〕江灝、錢宗武先生譯注的《今古文尚書全譯》譯「余仁若考能」為「我柔順巧能」，〔註13〕皆從此說。

三、以「仁若」為衍詞。江聲《尚書集注音疏》據《史記‧魯周公世家》作「旦巧能」，而認為「仁若」二字當衍，隸全句作「予仁若丂，耐多材多埶，耐事鬼神」：

> 【注】仁若，衍字也。丂，古文巧，俗讀巧為考，或且改作考字，非也。耐字屬丂讀，巧耐，故多材埶也。【疏】《史記‧魯世家》云「旦巧能多材多埶」，无「仁若」字，故云「仁若，衍字也」。案《漢書‧儒林傳》稱司馬遷從安國問，故遷書載〈堯典〉、〈禹貢〉、〈鴻範〉、〈微子〉、〈金滕〉諸篇，多古文說。然則《史記》所錄，實為孔氏古文，當據之以戡正偽孔氏書也。〔註14〕

陳喬樅從其說。〔註15〕

屈萬里先生的《尚書釋義》釋「予仁若考」為「予仁而孝」（但疑本篇為西周末葉或春秋時之魯人，據傳說而為之者）〔註16〕；《尚書今註今譯》語譯為「我仁厚而又孝順」（著成時代則以為殆春秋或戰國時人述古之作）〔註17〕；《尚書集釋》釋為「予仁愛而孝順」（著成時代則疑當戰國時）。〔註18〕但在〈仁字涵

〔註11〕〔清〕俞樾：《群經平議》（上海：上海古籍出版社，2002年3月《續修四庫全書》景印清光緒25年在春堂本），卷5，「予仁若考能多材多藝」條，葉11-12。
〔註12〕曾運乾：《尚書正讀》（北京：中華書局，1964年5月），頁141。
〔註13〕江灝、錢宗武譯注，周秉鈞審校《今古文尚書全譯》（貴陽：貴州人民出版社，1990年2月），頁。255
〔註14〕〔清〕江聲《尚書集注音疏》，學海堂《皇清經解》，卷三百九十五，葉三下。
〔註15〕〔清〕陳喬樅：《今文尚書經說攷》（清王先謙南菁書院《皇清經解續編》本），卷99，葉6。
〔註16〕屈萬里《尚書釋義》（臺北：華岡出版社，1956年初版，1972年增訂），頁68。
〔註17〕屈萬里《尚書今註今譯》（臺北：臺灣商務印書館，1973年五版），頁85。
〔註18〕屈萬里《尚書集釋》（臺北：聯經出版事業公司，2001年3月），頁129。

義之史的觀察〉中則謂「《尚書・金縢》『予仁若考』的『仁』字是否『慈愛』的意思，還有推敲的餘地」。本句難以考定，一至於此。

《清華大學藏戰國竹簡（壹）》[註19] 出版後，其中有〈周武王有疾，周公所自以代王之志〉一篇（篇題甚長，為了方便，以下姑仍稱〈金縢〉篇），與傳世本《尚書・金縢》篇大體相同。而傳世本〈金縢〉「予仁若考能多材多藝能事鬼神」一句，清華本作「是年若丂能多志多埶能事祟神」，「年」字，原考釋讀為「佞」，訓為「高材」：

> 是年若丂能，今本作「予仁若考能」。年讀為同泥母真部之「佞」，
> 佞從仁聲，訓為高才。若，王引之《經傳釋詞》附錄一：「而也。」
> 江聲、曾運乾並云巧之古文作「丂」，能字應上屬。此周公稱己有高
> 才而巧能。一說能字應連下讀。[註20]

「年」，原圖版作「籴」，即標準的楚系「年」字，《清華一》原考釋不把此字讀為「仁」而讀為「佞」，應該也是受了上引三說中第二說的影響吧。各家考釋也多從清華原考釋讀為「佞」。

其實，「年」字可以讀為「仁」，在楚簡中有旁證，《上博一・孔子詩論》簡8「〈小宛〉其言不惡，少有念焉」，倒數第二字「惥」從心、年聲，李學勤先生即讀為「仁」[註21]，是從「年」聲可以讀「仁」之證。

我主張以「予年若考能」為一句，「年」訓為「仁」（也對應今本的「仁」字），「若」訓為「順」，「考」訓為「巧」，「能」如字，這四種才德，正是「事先祖」所必需。如果以殷周之際「仁」的概念來說，〈金縢〉篇周公對祖先自誇「仁」，以討祖先歡喜，應該是合適的。最近，清華簡中有一篇〈殷高宗問于三壽〉，最能說明這個時期的「仁」。

2012 年 8 月，《文物》公布了李學勤先生的〈新整理清華簡六種概述〉，其中有一篇〈殷高宗問于三壽〉，文中很明確地說明了「仁」的定義。李文云：

> 簡文假彭祖之口，論說了恙（祥）、義、德、音、諰（仁）、聖、

〔註19〕清華大學出土文獻研究與保護中心編，李學勤主編，《清華大學藏戰國竹簡（壹）》，上海：上海文藝出版集團・中西書局出版，2010 年 12 月。

〔註20〕《清華大學藏戰國竹簡（壹）》，頁160。

〔註21〕李學勤〈上海博物館藏楚竹書《詩論》分章釋文〉，《國際簡帛研究通訊》第二卷第二期，2002 年 1 月。

智、利和叡信之行，所說和戰國時各家學說對比，很有自己的特色。
例如：

衣备（服）悗（美）而好信，丂（巧）志（才）而裛（哀）眔（矜），
血（卹）遠而恖（謀）新（親），憙神而顝（柔）人，寺（是）名曰
謐（仁）。

這與儒家強調的「仁」涵義顯有不同。〔註22〕

李先生說「這與儒家強調的『仁』涵義顯有不同」，這是對的。這種「仁」
的定義和戰國時流行的「仁」的定義出入頗大，應該是保留了西周早期「仁」
的定義。「衣服美」，是對外表儀容的要求；「巧才」，是對才藝的要求；「哀矜」、
「卹遠」、「謀親」、「柔人」，是對「愛民」的要求；「好信」，是對道德的要求；
「喜神」，是對宗教的要求。通觀「仁」字的歷史演變，我們應該可以說：這
些要求非常符合殷周之際「仁」的定義。用這個定義來解釋〈金縢〉篇的「仁」
字，可說是完全合適。周公為了要替代哥哥武王，向先祖誇耀自己有這樣的
條件，應該是非常合適的。單憑這一點，也足以證明〈金縢〉篇的內容傳自西
周初年，絕非戰國時人所能憑空捏造。

殷代及西周對貴族的要求，在外在的衣裳服飾、容貌舉止方面似乎頗為重
視。因為當時人以為「誠在其中，此見於外」，因此可以「以其見占其隱，以其
細占其大，以其聲處其氣」〔註23〕，《大戴禮記‧文王官人》中充滿了這樣的要
求，可以參看。

明白了這種「仁」的起源，那麼《詩經‧鄭風‧叔于田》贊美共叔段「洵美
且仁」；贊美《齊風‧盧令》的主角「其人美且仁」就不足為奇了。《詩經》裡
這兩處「美且仁」的「仁」字，絕對不會只是「勇武」、「矯健」等意義。竹添
光鴻《毛詩會箋》云：「仁，慈愛也。叔之仁愛，不過如陳氏之家貸公收、隋文
之傳餐衛士而已。小人為惡，亦必行小惠以結民心，〈康誥〉所謂『別播敷，

〔註22〕李學勤〈新整理清華簡六種概述〉，《文物》，2012 年第 8 期。旭昇案：因為剛出版
的《清華三》中沒有收錄這一篇，所以本文完全依照李文的原文引錄，文中的「备」、
「信」的原字形如何？有待圖版公布後才能知道。「顝」字的字形是我依照楚文字
常見形體做了一點調整，原文排版作「顝」。
〔註23〕參黃懷信主撰，孔德立、周海生參撰《大戴禮記匯校集注》（西安：三秦出版社，
2004 年 8 月），頁 1088～1152。

造民大譽』者，故先稱其仁而悅之也。」〔註24〕站在京城的角度，共叔段慈愛子民，子民譽之為仁，這合乎孔子之前「仁」字的用法，並無疑義。

四、楚文字中「仁」字的字形觀察

戰國楚系文字中的「仁」字，主要有「息」、「念」、「忎」、「恁」、「諰」等五種寫法，也假借「年」為「仁」。至於「尼」字，恐怕不能釋為「仁」。〔註25〕《郭店楚墓竹簡》問世，其中頗多「仁」字，主要寫作「息」，少數寫作「忎」、「念」、「恁」。學者或主張「息」為「忎」的早期字形。如劉翔先生說：

> 從心從身的「息」，從心從千的「忎」，及「尼」諸形，實皆仁字。這是古文字裡同字異構的典型實例。分析仁字異構的產生，從心從千的構形，當是從心從身之構形的訛變。致訛原因，乃因身、千形近，且古音同在真部。至於「尼」之構形，則當由「息」字省變而來。……仁字造文從心從身，身亦聲，會意兼形聲。此構形之語義，當是心中想著人之身體（身、人義類相屬，古音同在真部）。可見仁字造文語義，與愛字造文語義，實屬同源。仁字與愛字義近，正如孔子所說：中心憯怛，愛人之仁也」，「愛人」為仁。〔註26〕

白奚先生也認為「忎」是由「息」字演化而來：

> 「忎」字唯見於《說文》所錄，但新近發現的荊州郭店楚墓竹簡中，所有的「仁」字皆寫作「息」，「忎」當是由此「息」字演化而來。「忎」字上半部的「千」字本來就是人的身體的象形，與古文「身」字的字形很相近，當是「身」字的省變。……「息」的構形從身從心，從「心」表明該字與思考或情感有關，從「身」表明此種思考活動

〔註24〕竹添光鴻《毛詩會箋》（臺北：臺灣大通書局，1975 再版），頁 491。

〔註25〕戰國文字中的「仁」字，當代學者探討頗多，可以參考龐樸〈「仁」字臆斷——從出土文獻看仁字古文和仁愛思想〉，《尋根》2001 年第 1 期；白奚：《「仁」字古文考辨》，《中國哲學史》2000 年第 3 期；廖名春：《「仁」字探源》，《中國學術》第 8 輯，2001 年；梁濤〈郭店竹簡「息」字與孔子仁學〉。見於楚文字的「尼」字，如《包》180「會尼女」，為人名，無從證明其釋讀；但見於《上博》簡的「尼」字，實為「尸」字之異體，或讀為「夷」、「遲」。參李守奎《上海博物館藏戰國楚竹書（一～五）文字編》（北京：作家出版社，2007 年 12 月），頁 416～417。

〔註26〕劉翔《中國傳統價值觀詮釋學》（上海：上海三聯書店，1996 年 2 月），頁 159。

的物件是人的身體，也就是以人本身為思考物件。〔註27〕

廖名春先生則以為「仁」的本字當作「忎」：

> 我頗疑「悥」之本字當作「忎」，从人从心。先秦諸子言「仁」
> 必及人，可見其从人無疑。如《孟子‧盡心下》：「仁者人也。」……
> 於人稱「仁」，於「物」則不稱「仁」，如《孟子‧盡心上》：「君子
> 之於物也，愛之而弗仁；於民也，仁之而弗親。親親而仁民，仁民
> 而愛物。」……可見「仁」是指對人的愛，而非指對物的愛，其从
> 人當屬必然。……後來「人」與「身」通用，就寫作了「悥」；「悥」
> 形訛為「千」，就寫作了「忎」；「身」與「年」通用，就寫作了「恁」。

〔註28〕

廖先生對字形的分析是比較合理的。文字的產生，時代久遠；古文字材料的發現，萬不得一。因此雖然戰國文字「仁」作「悥」者多見，作「忎」、「忎」、「恁」者少見，但我們不能因此就認定「悥」是本字。

「仁」字與「悥」、「忎」、「忎」、「恁」等字的關係，目前資料尚嫌不足，很難論定，此姑不談。我們可以就「悥」、「忎」、「忎」、「恁」四字做點推敲。

這四個字中，從「千」、從「年」只能做聲符，不能表意。從「身」、從「人」則既可表音，也可表意。以「仁」的歷史發展來看，「仁」即身為「人」所應具備的本質和特徵。這個解釋也符合語源學的要求，章太炎在《國故論衡‧語言緣起說》中說：

> 語言者，不憑虛起。呼馬而馬，呼牛而牛，此必非恣意妄稱也。
> 諸言語皆有根。先徵之有形之物，則可睹矣。……
>
> 何以言馬？馬者，武也（古音馬、武，同在魚部）。何以言牛？
> 牛者，事也（古音牛、事，同在之部）。何以言羊？羊者，祥也。何
> 以言狗？狗者，叩也。何以言人？人者，仁也。……此皆以德為表
> 者也。〔註29〕

這種語言和物名的關係，有些看似極其牽強，但有些也確實有道理。「人」

〔註27〕白奚：《「仁」字古文考辨》，《中國哲學史》2000 年第 3 期。

〔註28〕廖名春〈「仁」字探源〉，《中國學術》，2001 年 4 月第 8 輯。

〔註29〕章氏叢書《國故論衡‧上》（浙江圖書館校刊，1933 年），葉三十六。

既名為「人」，其本質特徵亦名「人」，無論其書寫為「悬」、為「忎」、為「念」、為「恁」，均不妨礙此一關連。但以形義相符之要求而言，寫為「念」最為合適，「人」形中加一圓點或橫筆，即作「忎」，聲符替換即作「悬」作「恁」。今作「仁」，仍脫離不了「人」這個表意兼表音的重要偏旁。在「仁」字的歷史演變中，其內涵當然隨著時代不斷變化，「仁」所指的對象由殷周之際的貴族高層、領導人，西周春秋時代擴大為貴族，戰國時期則再擴大為知識分子；「仁」的內涵，內在的「愛人」應該是基本要件，其餘條件，則早期多重在貴族高層應具有的儀容才能，後期漸漸側重於內在的德性，較少指涉外在的儀容才能。

欣逢李學勤先生、徐維瑩女士伉儷八十華誕，謹以小文祝壽。本文是在國科會的支助下完成的，計劃名稱及編號為：《清華大學藏戰國竹簡（壹）》研究100-2410-H-033-039-MY2。

《清華柒·越公其事》第四章
「不稱貸」、「無好」句考釋

摘　要

　　本文討論了《清華大學藏戰國竹簡（柒）·越公其事》簡 26-28 的「遊民不稱貸」及「王扴（合）亡（無）好攸（修）于民厽（三）工之堵」兩條詞語。第一條指出歷史上的「遊民」有兩種，一種是貧而無力謀生，乞食四方；另一種是家庭條件還好，但游手好閒，好吃懶做的人。本篇的「遊民」後有「不稱貸」三字，即表示家境還不錯，不需要向人稱貸，所以應該屬於第二種人。第二條指出「扴」應該通讀為「合」，意思是「聚集」或「大規模聚集」；「亡好」是「沒有專長」，「王扴（合）亡（無）好攸（修）于民厽（三）工之堵」全句的意思是：王大規模地聚集了那些沒有專長（而不工作）的人去修治三工之堵。

　　關鍵詞：遊民，不稱貸，扴（合）、無好

　　《清華大學藏戰國竹簡（柒）》[註1]出版了，其中最長的一篇是〈越公其事〉[註2]，由於與《國語》記載吳越歷史大致相似，但又有些不同，可以互參，

〔註 1〕李學勤主編《清華大學藏戰國竹簡（柒）》，上海：中西書局，2017 年 4 月。
〔註 2〕王輝〈說「越公其事」非篇題〉已指出此非篇名，復旦網，2017 年 4 月 29 日首發。

所以立即引起學界的高度重視，很快地就已有不少討論文章。本文想對第四章
的部分文句進行討論。原考釋隸定的原文如下：

吳人**既**闔（襲）雫（越）邦，雫（越）王句戔（踐）牆（將）忐（甚）
遉（復）吳。**既**畫（建）宗廟（廟），攸（修）柰（祟）匠，乃大鹿（薦）
社（攻），以忻（祈）民之宭（寧）。王乍（作）【二六】安邦，乃因司闔（襲）
尚（常）。王乃不咎不惑（甚），不毀不罰；蔑弃悬（怨）辠（罪），不再
（稱）民啚（惡）；**縱**（縱）經（輕）遊民，不【二七】再（稱）賁（貸）泆
（役）泚（汋）塗洵（溝）隍（塘）之社（功）。王趺（並）亡（無）好攸
（修）于民厽（三）工之堵，**兹**（使）民破（暇）自相，蓐（農）工（功）
旻（得）寺（時），邦乃破（暇）【二八】安，民乃蓄孳（滋）。至=（至于）
厽（三）年，雫（越）王句戔（踐）女（焉）台（始）复（作）紹（紀）
五政之聿（律）。【二九】

大意是：吳人破國入侵越國，越王句踐怨恨吳國，想要復仇，於是修建宗
廟壇、大規模祭祀鬼神，以祈求人民安寧。越王開始進行安定邦國的作為，恢
復過去好的制度與作法。越王不追究舊過、不怨恨、不誅殺、不處罰，拋棄責
怪懲罰、不提人民的過錯。縱（縱）經（輕）遊民，不【二七】再（稱）賁（貸）
泆（役）泚（汋）塗洵（溝）隍（塘）之社（功）。王趺（並）亡（無）好攸（修）
于民厽（三）工之堵，使人民有空做自己的事，農務得到適當而充分的時間可
以進行，因此國家暇逸安寧，人口大量繁殖。到了三年後，越王句踐開始進行
農政、刑德、徵人、兵政、民政等五種施政的法規。

但是其中「縱（縱）經（輕）遊民……王趺（並）亡（無）好攸（修）于民
厽（三）工之堵，兹（使）民破（暇）自相」等數句並不太好理解。

「縱（縱）經（輕）遊民」句，原考釋在本章注一〇云：

縱，讀為「縱」，《說文》：「緩也。」經，疑讀為「輕」。遊民，
《大戴禮記·千乘》：「太古無遊民，食節事時，民各安其居，樂其
宮室，服事信上，上下交信，地移民在。」王聘珍《解詁》：「遊民，
不習士農工商之業者。」

其意謂緩輕遊民。但怎麼緩輕遊民，沒有詳細說明。大約以為是與民休息，

網址：http://www.gwz.fudan.edu.cn/Web/Show/3016。為方便稱，姑仍舊名。

不稱民惡這樣的意思吧！

「不再（稱）賫（貸）役（役）湆（洰）塗泃（溝）隍（塘）之社（功）」句，原考釋在注一一云：

> 稱，舉行，實施。《書‧洛誥》:「王肇稱殷禮，祀于新邑。」賫，《說文》:「從人求物也。」通作「貸」，借貸。《孟子‧滕文公上》:「又稱貸而益之，使老稚轉乎溝壑，惡在其為民父母也。」役，為，施行。《禮記‧表記》:「是故君子恭儉以求役仁，信讓以求役禮。」鄭玄注:「役之言為也。」洰塗溝塘之功，指各種水利工程。湆，疑讀為「洰」。《說文》:「洰澤。在昆侖下。」簡文泛指澤塘。塗，《說文》:「泥也。」泃，《集韻》音溝。溝，水瀆。洰、塗、溝、塘皆為溝塘沼澤之類。此句大意是不耗費民力興建水利工程。

其意大約是不施行借貸來施行溝塘沼澤等水利工程。但越王句踐施行溝塘沼澤等水利工程何以需要借貸？而不施行溝塘沼澤等水利工程，是否真的對人民最有利？水利工程不修，人民的農耕是否得不到充分的灌溉，反而對農耕不好？

「王趺（並）亡（無）好攸（修）于民厽（三）工之堵」句，原考釋在注一二云：

> 趺，疑為「並」之壞字。並，遍。《易‧井》:「王明，並受其福。」攸，讀為修。民三工之堵，意不明，疑讀「堵」讀為「功」或「圖」，此句指耗費大量民力的工程或規劃。

其意大約是說「越王句踐遍無好耗費大量民力的工程或規劃」，即越王句踐體恤人民，並不喜好進行耗費大量民力的工程或規劃。如此解釋，一則是全句的字詞語法並不是很順暢，另外就是越王本來就不是喜歡進行耗費大量民力的工程或規劃的君王（耗費大量民力的工程，如修陵墓、大運河、長城之類），簡文如此敘述，也有點奇怪。

對於「縱（縱）經（輕）遊民，不【二七】再（稱）賫（貸）役（役）湆（洰）塗泃（溝）隍（塘）之社（功）」句，網路上有「明珍」（駱珍伊）提出不同的意見：

> 縱，讀為「總」，掌握、統率之意，如《管子‧兵法》:「定一至，

行二要，縱三權。」郭沫若等集校：「此『縱』亦應讀為『總』。」縱、總，同屬東韻精母字，故可通用。經，即治理、管理之意。縱經遊民，即掌握管理遊民，役使他們做「泑塗溝塘」之事。因此，第五章首句應該釋讀為「王思（使）邦遊民三年」，即越王役使邦之遊民三年。

最堅強的證據是，自第 5 章起，簡文前面幾句都是概括前一章的事情，「乃」以後就是接著做的事情。每一章關聯如下：

（第五章末）越邦乃大多食 →（第六章始）越邦服農多食，王「乃」好信……

（第六章末）舉越邦乃皆好信 →（第七章始）越邦服信，王「乃」好徵人……

（第七章末）越地乃大多人 →（第八章始）越邦皆服徵人，多人，王「乃」好兵……

（第八章末）越邦乃大多兵 →（第九章始）越邦多兵，王「乃」敕民修令審刑，「乃」出恭敬……

（第九章末）無敢不敬，循命若命，禁御莫躐 →（第十章始）王監越邦之既敬，無敢躐命，王「乃」〔犬弋〕民……

（第十章末）越師乃遂襲吳 →（第十一章始）【越王勾踐遂】襲吳邦……

所以（第五章始）「王使邦遊民三年」，即是總結四章「縱經遊民」、「役泑塗溝塘之功」之事。〔註3〕

這個解釋的大方向是對的，〈越公其事〉第四章至第十章的文義是前後相連的，第五章至第十章的首句即總結前章，因此由第五章首句「王思（使）邦遊民三年」，就說明了第四章的重點是「王使邦遊民」。不過，明珍的分析中並未解釋「不稱貸」三字，我想做點補充。

「貸」字作 ，或釋為「賦」，當非。〔註4〕「稱貸」古書多見，意思是「向

〔註 3〕武漢大學簡帛網「簡帛論壇」〈清華七《越公其事》初讀〉124 樓的發言。網址：http://www.bsm.org.cn/bbs/read.php?tid=3456&page=13#15540

〔註 4〕金宇祥博士論文《戰國竹簡晉國史料研究》頁 137、江秋貞博士論文《《清華大學藏

人借貸」或「借債與人」的意思。原考釋所舉《孟子·滕文公上》「又稱貸而益之，使老稚轉乎溝壑，惡在其爲民父母也」，句中的「稱貸」是「向人借貸」的意思。《管子·輕重丁》「令衡籍吾國之富商、蓄賈、稱貸家，以利吾貧萌」，句中的「稱貸」是「借債與人」的意思。〈越公其事〉本章的「不稱貸」，應該是「不必向人借貸」的意思。「遊民」有兩種，第一種是流離失所，沒有工作、沒有收入的可憐人，原考釋在〈越公其事〉第五章注一所說的：

> 遊民，流離失所之民，又作游民。《禮記·王制》：「無曠土，無游民，食節事時，民咸安其居。」參見第四章注一〇。

即屬於這一類人，這種人沒有謀生能力，形同乞丐，沒收入，沒飯吃，身體狀況肯定不好，大概也很難勒令他們做太耗費體力的工作；第二種是游手好閒，不工作的人，這種人家庭經濟一般都還可以，能讓他不必工作。原考釋在第四章注一〇所舉的《大戴禮記·千乘》：「太古無遊民，食節事時，民各安其居，樂其宮室，服事信上，上下交信，地移民在。」王聘珍《解詁》：「遊民，不習士農工商之業者。」這類人中至少有部分可能屬於第二類人。這類人家中有些資產，不需要向人借貸（簡文稱之為「遊民不稱貸」，應該有與第一類遊民區別的作用），而又貪吃懶做，游手好閒，在古人來看，這種人是社會的蠹蟲，有為的執政者是不會輕易放過他們的。《周禮·地官·司徒·載師》：「凡宅不毛者，有里布。凡田不耕者，出屋粟。凡民無職事者，出夫家之征。以時徵其賦。」鄭玄注：

> 鄭司農云：「宅不毛者，謂不樹桑麻也。……」玄謂：宅不毛者，罰以一里二十五家之泉；空田者，罰以三家之稅粟，以共吉凶二服及喪器也。民雖有閒無職事者，猶出夫稅家稅也。夫稅者，百畝之稅；家稅者，出士從車輦給繇役。〔註5〕

《管子》中也談到這種不事生產的人：

> 飾於貧窮，而發於勤勞，權於貧賤，身無職事，家無常姓，列上下之閒，議言為民者，聖王之禁也。〔註6〕

戰國竹簡（柒）·越公其事》考釋》頁 304～319 有詳考。

〔註5〕正文及注均見《十三經注疏·周禮》（臺北：藝文印書館，1997 年 8 月），頁 202。

〔註6〕黎翔鳳《管子校注》（北京：中華書局，2004 年 6 月），頁 278。

宋蘇轍《欒城集・欒城應詔集卷之十・進策五道・民政下・第一道》對這一類的遊民有很好的役使建議：

當今之所謂可役者，不過曰農也，而農已甚困。蓋嘗使盡出天下之費矣。而工商技巧之民與夫<u>遊閑無職之徒常遍天下，優游終日而無所役屬</u>。蓋周官之法：民之無職事者，出夫家之征。今可使盡為近世之法，皆出庸調之賦，庸以養力役之兵，而調以助農夫養武備之士，而力役之兵可因其老疾死亡遂勿復補，而使遊民之丁代任其役，如期而止，以除其庸之所當入，而其不役者則亦收其庸，不使一日而闕。蓋聖人之於天下，不唯重乎苟廉而無求，唯其能緩天下之所不給，而節其太幸，則雖有取而不害於為義。今者雖能使遊民無勞苦嗟歎之聲，而常使農夫獨任其困，天下之人皆知為農之不便，則將率而事於末，末眾而農衰，則天子之所獨任者愈少，而不足於用，故臣欲收遊民之庸調，使天下無僥倖苟免之人，而且以舒農夫之困，苟天下之遊民自知不免於庸調之勞，其勢不耕則無以供億其上，此又可驅而歸之於南畝，要知千歲之後必將使農夫眾多，而工商之類漸以衰息，如此而後使天下舉皆從租庸調之制，而去夫所謂兩稅者，而兵役之憂可以稍緩矣。〔註7〕

這一類「悠游終日」，無所事事，因此勒令他們仍然要出「庸調之賦」（為國家服勞役為庸、出布帛之賦為調），他們就會去從事農耕，原來由農民負擔的責任就會減輕。〈越公其事〉的辦法也是這樣——句踐勒令「遊民不稱貸者」去修築汥、塗、溝、塘，就可以讓真正的農民把全部時間放在農耕生產上，國家的糧食收獲就可以大量增加。看來蘇轍「進策五道」的構想的來源應該就是〈越公其事〉這一類的辦法。雖然其時代已較晚，但執政者所要面對的情況和〈越公其事〉並無不同。

其次談「王趄無好修于民三工之堵」。要理解這句話的意思，也要從本章前後文去推求。本章說「王趄無好修于民三工之堵，使民暇自相，農功得時，邦乃暇安，民乃蕃滋」，後幾句的意思其實是很清楚的，越王句踐做了這些事之後，人民就有空閒做自己的工作，農務得到適當的時間去進行，國家因此安定，人民因此蕃衍增加。換句話說，越王句踐如果沒有進行這些動作，那麼人民一定

〔註7〕蘇轍著，曾棗莊、馬德富校點《欒城集》（上海：上海古籍出版社，1987 年 3 月），頁 1686。

就會被剝奪了農耕的時間。因此越王句踐進行的「修于民三工之堵」，原本應該是會耗費大量民力的事情。

那些原本應該是會耗費大量民力的，依原考釋的意思，「王遍無好修于民三工之堵」，背後應該有「王從前必然喜好這些大量耗費民力的事」的味道，但是，在歷史記載中，句踐並沒有喜好宮殿園囿陵墓的記錄〔註8〕，因此本章此處應該不會是這樣的意思。

民三工之堵，原考釋謂「意不明」。文獻中有「三工官」，《漢書‧王貢兩龔鮑傳》貢禹諫元帝云：

> 古者宮室有制，宮女不過九人，秣馬不過八匹；牆塗而不彫，木摩而不刻，車輿器物皆不文畫，苑囿不過數十里，與民共之；任賢使能，什一而稅，亡它賦斂繇戍之役，使民歲不過三日，千里之內自給，千里之外各置貢職而已。……故時齊三服官輸物不過十笥，方今齊三服官作工各數千人，一歲費數鉅萬。蜀廣漢主金銀器，歲各用五百萬。三工官官費五千萬，東西織室亦然。廐馬食粟將萬匹。
>
> 〔註9〕

三工官，《漢書》注：

> 如淳曰：「地理志河內懷、蜀郡成都、廣漢皆有工官。工官，主作漆器物者也。」師古曰：「如說非也。三工官，謂少府之屬官，考工室也，右工室也，東園匠也。上已言蜀漢主金銀器，是不入三工之數也。」〔註10〕

秦漢時期少府是為九卿之一，負責徵收山海地澤收入和管理手工業製造，

〔註8〕《國語‧越語下》：「四年，王召范蠡而問焉，曰：『先人就世，不穀即位。吾年既少，未有恒常，出則禽荒，入則酒荒。』」除此之外，看不到越王句踐有什麼荒淫的行為，更不要說為了自己的享樂而大興工役。

〔註9〕中研院史語所「漢籍電子文獻」《史／正史／漢書／列傳　凡七十卷／卷七十二　王貢兩龔鮑傳第四十二／貢禹》（P.3069），[底本：王先謙漢書補注本]，網址：http://hanchi.ihp.sinica.edu.tw/ihpc/hanjiquery?@71^305824962^807^^^60202002000500440006^1@@1353142629。

〔註10〕中研院史語所「漢籍電子文獻」《史／正史／漢書／列傳　凡七十卷／卷七十二　王貢兩龔鮑傳第四十二／貢禹》（P.3069），[底本：王先謙漢書補注本]，網址：http://hanchi.ihp.sinica.edu.tw/ihpc/hanjiquery?@71^305824962^807^^^60202002000500440006^1@@1353142629。

掌管天子私用的府庫及私人的收入。東漢時，兼管宮廷所用服御諸物、寶貨、珍膳等。隸屬少府的工官，依如淳說為主作漆器，依顏師古說則為工室園匠，越王句踐並未有這些特殊嗜好，正常需求不可能耗費大量民力。因此簡文所稱，也不會是《漢書》的「三工」。

簡文「三工之堵」的「堵」字從「工」，自然與工務有關，歷來耗費民力最大的事，莫如修城、修路、河堤之屬。這些事情是非做不可的，城牆不修，安全堪虞；道路不築，交通阻滯；河堤不固，水患難防。但是，這些事如果全部由農民來做，就會佔掉農民正常耕作的時間，影響國家生產。看來，要做好這些事情，必需另謀人力，越王句踐「𡉘無好修于民三工之堵」應該就是這個意思。

簡文「𡉘」字，原考釋疑為「並」之壞字，這個可能性不大。本章此字作「𡉘」，楚簡「並」字通作「竝」（《清華壹・程寤》3），壞成「𡉘」的機會並不大。此字已往未見，從字形分析來看，它不外幾個可能：（1）從大立會意；（2）從土大會意；（3）從立大聲；（4）從土大聲；（5）從大立聲。前二者無法「會」出適合通讀本篇此句的意思，所以優先放棄；（3）（4）從「大」聲也找不出合適的字可以用，所以也只能放棄。我們目前傾向此字從「立」聲，「立」聲通讀為「合」。立，上古音屬來母緝部；合，上古音聲屬見母；或匣母，韻屬緝部，見母與來母為複輔音關係，「立」與「見」母之字相通之例，見《上博一・孔子詩論》27「子立」，馮勝君先生讀為「子衿」（〈讀上博簡〈孔子詩論〉箚記〉，簡帛研究網，2002 年 1 月 11 日）〔註11〕；「立」字與「匣」母相通之例，見《公羊傳・莊公元年》「搚幹而殺之」，《經典釋文》作「拹」，云：「拹，亦作拉。」〔註12〕「合」即「聚集、集合」之意。此字也可以看成「從大從立（合）」，立（合）亦聲，大立（合），即大力聚合之意。

「無好」，當看成動詞「𡉘」的賓語，為名詞，即「無好者」之省略用法，如同前文所釋「縱經遊民不稱貸」為「總經遊民不稱貸者」之省略，這種句法如《左傳・襄公二十二年》「吾見申叔夫子，所謂生死而肉骨也」，「生死」即「生死者」的省略。《論語・子張》「嘉善而矜不能」即「嘉善者而矜不能者」

〔註11〕參白於藍《戰國秦漢簡帛古書通假字彙纂》（福州：福建人民出版社，2012 年），頁587。

〔註12〕參張儒、劉毓慶《漢字通用聲素》（太原：山西古籍出版社，2002 年），頁 1038。

的省略。其例甚多。「欮無好」，即「合無好者」，也就是「集合沒有專長的人」，《戰國策·齊策四》：

> 齊人有馮諼者，貧乏不能自存，使人屬孟嘗君，願寄食門下。孟嘗君曰：「客何好？」曰：「客無好也。」曰：「客何能？」曰：「客無能也。」孟嘗君笑而受之曰：「諾。」左右以君賤之也，食以草具。〔註13〕

何好，一般都理解為「愛好什麼」，恐怕不夠精確。孟嘗君門下食客三千，絕非救濟院、收容所，關心的不會是食客「喜歡什麼」。因此馮諼願寄食門下，孟嘗君第一個問的應該是：「客人擅長什麼？」一個人對於那一件事做得最「好」，就是最「擅長」什麼，這應該是「好」很容易產生的引申義。馮諼答以「客無好也」——即「我沒有什麼專長」後，孟嘗君退而求其次，再問：「客何能也？」——即「客能做什麼？」，食客即使沒有什麼專長，至少能做些什麼也好。可以證明「何好」與「何能」性質接近。沒有專長的人和「遊民」不同，「遊民」或許還有專長，但是不願工作；「無好者」根本沒有專長，多半也不想工作。

「攸于」，即「修為」。「于」訓「為」，《儀禮·士冠禮》：「髦士攸宜，宜之于假，永受保之。」鄭玄注：「于，猶為也。」《毛詩·豳風·七月》「三之日于耜」，毛傳：「于耜，始脩耒耜也。」馬瑞辰《毛詩傳箋通釋》：「于耜與舉趾相對成文。『于』猶『為』也，『為』與『脩』同義，『于耜』即『為耜』也。《傳》以『脩耒耜』釋『于耜』，正訓『于』如『為』。」〔註14〕「攸于民三工之堵」即「修為民三工之堵」，就是讓沒有專長的人去整修「三工之堵」，這些工作只需要體力，只要有人指揮帶領，不需要什麼專長。

「遊民」和「無好者」平常沒有在工作，把他們聚集起來，從事「瀶（沴）塗洵（溝）隍（塘）」及「三工之堵」這些需要大量人力的工作，相對的就減少了農民被徵召勞役的時間，因此農民就有時間從事自己的工作（使民暇自相，農功得時），國家就大大地安定（邦乃叚安），因此人民就能大量繁殖（民乃蕃滋）。

〔註13〕《戰國策》（上海：商務印書館《叢書集成初編》，1937年6月），頁91。
〔註14〕馬瑞辰撰，陳金生點校《毛詩傳箋通釋》（北京：中華書局，1989年3月），頁454。

引用書目

1. 《十三經注疏‧周禮》，臺北：藝文印書館，1997 年。

2. 《戰國策》，上海：商務印書館《叢書集成初編》，1937 年。

3. 王輝〈說「越公其事」非篇題〉，復旦網 2017 年 4 月 29 日首發。網址：http://www.gwz.fudan.edu.cn/Web/Show/3016。

4. 白於藍《戰國秦漢簡帛古書通假字彙纂》，福州：福建人民出版社，2012 年。

5. 李學勤主編《清華大學藏戰國竹簡（柒）》，上海：中西書局，2017 年。

6. 馬瑞辰撰，陳金生點校《毛詩傳箋通釋》，北京：中華書局，1989 年。

7. 張儒、劉毓慶《漢字通用聲素》，太原：山西古籍出版社，2002 年。

8. 黎翔鳳《管子校注》，北京：中華書局，2004 年。

9. 蘇轍著，曾棗莊、馬德富校點《欒城集》，上海：上海古籍出版社，1987 年。

10. 武漢大學簡帛網「簡帛論壇」〈清華七《越公其事》初讀〉124 樓的發言。網址：http://www.bsm.org.cn/bbs/read.php?tid=3456&page=13#15540

11. 中研院史語所「漢籍電子文獻」《漢書》，網址：http://hanchi.ihp.sinica.edu.tw/ihpc/hanjiquery?@71^305824962^807^^^60202002000500440006^1@@1353142629

本文原發表於香港浸會大學、澳門大學合辦「上古音與古文字研究的整合」國際研討會，2017 年 7 日 14～18 日。今略作修改。

談清華柒《越公其事》的「棄惡周好」與《左傳》的「同好棄惡」

　　先秦典籍在兩千多年的流傳中，由於種種緣故，造成各式各樣的錯訛。近二、三十年，由於戰國簡牘的大量出土，其中有不少可與先秦典籍對讀的材料，可以糾正先秦典籍的錯訛。本文希望從清華柒《越公其事》的「棄惡周好」來看《左傳》「同好棄惡」的「同好」是否應為「周好」的訛誤。

　　《越公其事》寫越王則於夫差，逃到會稽山，使大夫文種求和於吳。吳王懼於道路修遠，而且吳如不許求和，句踐還有帶甲八千死士，可以作困獸之鬥。於是不顧伍子胥的反對，答應了句踐的求和。夫差於是親自出來接見文種，親自說明吳王來攻越的原因，使得兩國的父兄子弟如豺狼，食於山林草莽，因此願意棄惡周好，齊執同力，以禦讎仇。於是答應了句踐的求和。這一章（第三章）的原文如下：

　　吳王乃出，新（親）見事（使）者曰：「君雫（越）公不命使（使）人，而夫＝（大夫）親辱，孤敢兌（脫）辠（罪）於夫＝（大夫）？【一五下】孤所夏（得）辠（罪），亡（無）良鄴（邊）人再（稱）瘨（發）恳（怨）喜（惡），交鬦（鬥）吳雫（越），茲（使）虗（吾）弎（二）邑之父兄子弟朝夕粶（殞）肰（然）為犲（豺）【一六】狼食於山林蓾（草）芒（莽）。孤疾痌（痛）之，以民生之不長而自不夂（終）亓（其）命，

用事（使）徒邊迦（趣）聖（聽）命，於【一七】〔註1〕今厽（三）年，亡（無）克又（有）奠（定）。孤用忎（願）見雪（越）公，余弃（棄）晉（惡）周好，以交（徹）求卡=（上下）吉羕（祥）。孤用衛（率）我壹（一）弍（二）子弟【一九】以遴（奔）告於鄝=（邊。邊）人為不道，或航（抗）御（禦）募（寡）人之詞（辭），不茲（使）達，气（既），羅（罹）甲綏（纓）田（胄），臺（敦）齊兵刃以攷（捍）御（禦）【二〇】募（寡）人。孤用伓（委）命鐘（重）昏（臣），閵（馳）冒兵刃，达（匍）邁（匐）䣄（就）君〔二三〕，余聖（聽）命於門。君不尚新（親）有（宥）募（寡）人〔二四〕，旮（抑）犹（荒）弃孤〔二五〕，【二一】伓（背）虛（去）宗畣（廟）〔二六〕，陟柿（棲）於會旨（稽）〔二七〕。孤或（又）忎（恐）亡（無）良僕駛（馭）獉（易）火於雪（越）邦〔二八〕，孤用內（入）守於宗畣（廟），以須【二二】徒（使）人。今夫=（大夫）嚴（儼）肰（然）監（銜）君主之音〔二九〕，賜孤以好，曰：『余亓（其）與吳科（播）弃悬（怨）晉（惡）于灣（海）濾（河）江沽（湖）〔三〇〕婦交【二三】綏（接），皆為同生〔三一〕，齊執同力，以御（禦）戣（仇）戳（讎）〔三二〕。』孤之忎（願）也〔三三〕。孤敢不許諾，恣志於雪（越）公〔三四〕！」使（使）者反（返）命〔三五〕【二四】雪（越）王，乃盟，男女備（服），帀（師）乃還【二五】。

釋文中的「糤」，本文讀為「殄」，需先作點說明：

> 糤，疑為「粲」字。……粲然，眾人聚集貌。《史記·周本紀》：
> 「夫獸三為群，人三為眾，女三為粲。」張守節正義引曹大家曰：
> 「群、眾、粲為多之名也。」又疑「糤」讀為「猭」。《說文》：「猭，
> 齧也。」猭然，如豺狼相撕咬貌。〔註2〕

案：「粲」有眾義，典出《國語·周語》：「（周）共王游于涇上，密康公從，有三女奔之，其母曰：『必致之王。夫獸三為群，人三為眾，女三為粲。王田不取群，公行不下眾，王御不參一族。夫粲，美之物也。眾以美物歸女，而何

〔註1〕第 18 簡調整簡序，依陳劍：〈《越公其事》殘簡 18 的位置及相關的簡序調整問題之說〉一文調整至第 34 簡之上，其上再接第 36 簡上半部。

〔註2〕清華大學出土文獻與保護中心編、李學勤主編：《清華大學藏戰國竹簡（柒）》，上海，中西書局，2017 年 4 月，p123 注 7。

德以堪之？王猶不堪，況爾小醜乎？小醜備物，終必亡。』康公不獻，一年，共王滅密。」字或作「姕」，《說文》：「姕：三女為姕。姕，美也。从女，兓省聲。」案：字从「兓」省無美義，亦無眾義，當為粲省聲。粲，精米，故有「美」義；米粒眾多，故引申亦有「眾」義。據此，「粲」之「眾人聚集」義，實來自「精米聚集、眾多」，然其詞義指涉多為美好、漂亮、女性等。以眾兵士聚集為「粲然」，典籍無此用法，形容兵士眾多而用「女三為粲」，恐不適當。後說讀「粦」為「㺗」，釋為「如豺狼相撕咬貌」，按《說文》，「㺗」只有「齧」義，用白話講，可以說成「啃食」、「撕咬」，並沒有「相」的意思。「相」字為原考釋者自行添加的詞，意指吳越二邑之父兄子弟如豺狼般相撕咬。此說似可商榷。《越公其事》本句為夫差同意句踐求和，以外交辭令淡化吳國攻打越國，只說二邑父兄子弟被豺狼嚙食撕咬的可憐，不應該說吳越的父兄子弟彼此相互撕咬，重點由可憐轉為凶暴。再看句法，全句說「二邑父兄子弟朝夕粦狀為豺狼，食於山林菡芒」，「粦狀」形容「為豺狼」，強調凶狠狀，與夫差要表達的語意不合。詮衡上下文，夫差要表達的是軍士戰亡的慘狀，「二邑父兄子弟朝夕粦狀為豺狼食於山林菡芒」應作一句讀，「粦」似可讀為「殘」，《說文》：「殘，禽獸所食餘也。从歺，从肉〔註3〕。昨干切。」《說文通訓定聲·乾部第十四》：「殘：禽獸所食餘也。从歺，从肉。《廣雅·釋詁三》：『殘，餘也。』字亦作㺒，經傳皆以殘為之。」〔註4〕「殘然」修飾「為豺狼食於山林菡芒」，本句的意思是「使我們二邑的父兄子弟從早到晚被山林草莽的豺狼吞噬（到只剩骨頭）」。

次談「棄惡周好」。

明明是夫差報父仇，大敗了句踐，但是夫差同意句踐求和時的口吻卻非常「外交辭令」，一再低調地撇清自己來攻打越國的動機，只說是為「邊人」所挑撥，因而使二邑之父老子弟死於山林草莽。於是派使者來求和，三年無有定，因此夫差親自來見越公，棄惡周好，以求上下吉祥。「弃亞周好」四字，簡文照片如下：

〔註3〕 段注改從「歺"，以為「歺者殘也，歺者缺也"，實為不必。
〔註4〕 朱駿聲《說文通訓定聲》（北京：中華書局，1984年6月），頁760。

「弃」即「棄」之簡體，戰國習見；「噩」即「惡」，見《上博三‧周易》簡32。隸為「棄惡周好」四字無疑。「棄惡」即拋棄仇惡。各家無異議。「周好」，則各家有不同的看法。原考釋云：

> 棄惡，《左傳》成公十三年：「吾與女同好棄惡，復修舊德，以追念前勳。」周，合。《楚辭‧離騷》：「雖不周於今之人兮，願依彭咸之遺則。」王逸注：「周，合也。」周好，合好。《左傳》定公十年：「兩軍合好，而裔夷之俘以兵亂之，非齊君所以命諸侯也。」
> 〔註5〕

旭昇案：從修辭的角度來看，「棄惡周好」應該是由兩個相同的結構組合而成，「棄」與「周」都是動詞，全句的意思是：拋棄了彼此的嫌惡，「周」彼此的友好。原考釋訓「周」為「合」即相合友好之意，但是所引《楚辭‧離騷》「雖不周於今之人兮，願依彭咸之遺則」王逸注：「周，合也。」的「合」，其實是「符合」的意思，而不是「合好」的意思。這一點，魏宜輝先生已經很正確地指出來了。〔註6〕引《左傳》定公十年「兩軍合好」的「合」，則是友好之意。依這個解釋，「周好」是由兩個同義或義近詞組成的複詞，與「棄惡」的結構不同，這恐怕不是最好的解釋。

暮四郎認為「周」當讀為「修」〔註7〕、網名 Cbnd 認為「周」疑讀作「酬」，報答之義〔註8〕、魏宜輝先生同〔註9〕、網名高山仰止認為「周」為「親密」

〔註5〕清華大學出土文獻與保護中心編、李學勤主編：《清華大學藏戰國竹簡（柒）》，上海，中西書局，2017 年 4 月，p124 注 14。

〔註6〕魏宜輝：〈讀《清華大學藏戰國竹簡（柒）》札記〉，香港浸會大學饒宗頤 國學院，澳門大學中國語言文學系，清華大學出土文獻研究與保護中心：《〈清華簡〉國際會議論文集》， 2017 年 10 月 26 日～28 日。

〔註7〕簡帛論壇「清華七《越公其事》初讀」第 1 樓，20170423。

〔註8〕簡帛論壇「清華七《越公其事》初讀」第 156 樓，20170506。

〔註9〕魏宜輝：〈讀《清華大學藏戰國竹簡（柒）》札記〉，香港浸會大學饒宗頤 國學院，澳門大學中國語言文學系，清華大學出土文獻研究與保護中心：《〈清華簡〉國際會議論文集》，2017 年 10 月 26 日～2 日。

之意〔註10〕。以上各說都有一定的道理,從構詞法、修辭,與歷史背景來考慮,我們最後採用「修」的解釋。「修」的本義來自「攸」,西周早期攸簋的「攸」字作,會人手持某些物件擦洗身體之意〔註11〕,因此「修」的本義通常是指把不好的「修」成好的。從歷史背景來看,吳越的關係長期以來都很不好,互相攻伐,夫差此時決定接受句踐的求和,這就是「修好」;結束長期以來惡劣的關係,這就是「棄惡」。從構詞法與修辭來看,「棄惡」與「修好」的文法結構完全相同,應該是個比較理想的讀法。不過,簡文用「周好」也很好,「周好」的意思是「本來不夠完全友好」,現在「把友好修補到完備」,「周」做動詞用,比「修」委婉些。

我們也注意到原考釋引了《左傳》成公十三年:「吾與女同好棄惡,復修舊德,以追念前勳。」句中的「同好棄惡」與〈越公其事〉的「棄惡周好」非常類似,會不會《左傳》的「同好棄惡」是「棄惡周好」之誤呢?我們認為這個可能性非常大。

「同好」的用法,《國語辭典(修訂本)》收了以下兩種:〔註12〕

> 一、志趣相同的人。三國魏·曹植〈與楊德祖書〉:「雖未能藏之於名山,將以傳之於同好。」宋·陳師道〈寒夜有懷晁无斁〉詩:「同好共城郭,十日不一顧。」

> 二、喜好相同。漢·蔡邕〈郭有道碑文〉:「凡我四方同好之人,永懷哀悼,靡所寘念。」

讀音都標為〔ㄊㄨㄥˊ　ㄏㄠˋ/ tóng hào〕。《漢語大詞典》多了一個義項:

> 互相友好,共同交好。《左傳·僖公四年》:「齊侯曰:『豈不穀是為?先君之好是繼。與不穀同好如何?』」

乍看沒有什麼問題,不過,仔細思考,「同」似乎沒有「互相」的用法。〔註13〕在先秦典籍中,《韓非子·孤憤》「以反主意與同好爭」、《鶡冠子·學

〔註10〕簡帛論壇「清華七《越公其事》初讀」第214樓,2017年11月9日。

〔註11〕裘錫圭〈釋㺪〉,《古文字研究》第二十八輯(中華書局,2010年);收入《裘錫圭學術文集·1·甲骨文卷》(上海:復旦大學出版社,2012年6月),頁552〜565。

〔註12〕參臺灣《教育部重編國語辭典(修訂本)》網路版,網址:http://dict.revised.moe.edu.tw/cgi-bin/cbdic/gsweb.cgi?ccd=MUPiUa&o=e0&sec=sec1&op=v&view=0-1。

〔註13〕參《漢語大詞典》,上海:漢語大詞典出版社,1983年3月,第100〜101頁。

問》「所謂仁者同好者也，所謂義者同惡者也」、《六韜・文師》「與人同憂同樂、同好同惡者，義也」、《六韜・發起》「同惡相助，同好相趨」、《呂氏春秋・精諭》「同惡同好，志皆有欲」，「同好」的「好」字都作「喜好」義解，沒有作「友好」義解的。「好」字作「友好」解，屬「好」字的常見義，但前面不加「同」字。「同好」作「友好」義解，最早只見《左傳》，這不能不讓人覺得有點怪。《左傳》「同好」兩見，一見僖公四年：

> 四年，春，齊侯以諸侯之師侵蔡，蔡潰，遂伐楚。楚子使與師言曰：「君處北海，寡人處南海，唯是風馬牛不相及也。不虞君之涉吾地也，何故？」管仲對曰：「昔召康公命我先君大公曰：『五侯九伯，女實征之，以夾輔周室。』賜我先君履。東至于海，西至于河，南至于穆陵，北至于無棣。爾貢包茅不入，王祭不共，無以縮酒，寡人是徵。昭王南征而不復，寡人是問。」對曰：「貢之不入，寡君之罪也，敢不共給。昭王之不復，君其問諸水濱。」師進，次于陘。

> 夏，楚子使屈完如師。師退，次于召陵，齊侯陳諸侯之師，與屈完乘而觀之，齊侯曰：「<u>豈不穀是為？先君之好是繼。與不穀同好如何？</u>」對曰：「君惠徼福於敝邑之社稷，辱收寡君，寡君之願也。」齊侯曰：「以此眾戰，誰能禦之？以此攻城，何城不克？」對曰：「君若以德綏諸侯，誰敢不服？君若以力，楚國方城以為城，漢水以為池，雖眾，無所用之。」屈完及諸侯盟。

這是《左傳》中很有名的一段故事。齊桓公與蔡姬泛舟，蔡姬盪舟，桓公懼，就把蔡姬趕回娘家，沒想到蔡國國君就把蔡姬另外改嫁給楚國。桓公怒而率領八國軍隊伐蔡，蔡潰，趁勢伐楚。不過，楚國軍力強大，齊桓公也攻不下來，楚國使者一席話把齊桓公伐楚的理由全部擊倒，讓齊桓公只好自己找臺階下。

篇中的「同好」，杜注：「言諸侯之附從，非為已〔己〕，乃尋先君之好。謙而自廣，因求與楚同好。孤寡不穀，諸侯謙稱。」「同好」二字襲用傳文，未加解釋。歷代各家也都未注，似乎以為這是一個普通詞語，不需要解釋。楊伯峻先生《春秋左傳注（修訂本）》也未注，但是在《白話左傳》中譯為「共

同友好」﹝註14﹞，似乎不覺得「共同友好」有點「不詞」。趙生群先生應該查覺到這個問題，於是改釋「同好」為「同好惡」，讀「好」為 hào。不過，齊桓公這一句話的前面說：「豈不穀是為？先君之好是繼」，顯然「同好」就是要繼先君之「友好」而不是「喜好」。齊桓公的父親是齊僖（釐）公，與楚國沒有交惡的記錄，這就是「先君之好」。齊桓公因為怒蔡姬而伐楚。雖然找了齊太公受命夾輔周室、楚國苞茅不貢、周昭王南征而不復等冠冕堂皇的理由去攻打楚。沒想到楚國不是好惹的，憑藉著強大的實力，讓齊桓公的八國聯軍佔不到一點便宜。灰頭土臉的齊桓公只好搬出先君與楚國的友好關係，希望恢復舊好。因此，本段的「同好」應該是「修復舊好」的意思。

第二個「同好」見於《左傳·成公十三年》，情況與《左傳·僖公四年》非常類似。《左傳》原文如下：

> 夏四月戊午，晉侯使呂相絕秦，曰：「昔逮我獻公及穆公相好，戮力同心，申之以盟誓，重之以昏姻。天禍晉國，文公如齊，惠公如秦。無祿，獻公即世。穆公不忘舊德，俾我惠公用能奉祀于晉。又不能成大勳，而為韓之師。亦悔于厥心，用集我文公，是穆之成也。文公躬擐甲胄，跋履山川，踰越險阻，征東之諸侯，虞、夏、商、周之胤而朝諸秦，則亦既報舊德矣。鄭人怒君之疆場，我文公帥諸侯及秦圍鄭，秦大夫不詢于我寡君，擅及鄭盟。諸侯疾之，將致命于秦。文公恐懼，綏靜諸侯，秦師克還無害，則是我有大造于西也。無祿，文公即世，穆為不弔，蔑死我君，寡我襄公，迭我殽地，奸絕我好，伐我保城，殄滅我費滑，散離我兄弟，撓亂我同盟，傾覆我國家。我襄公未忘君之舊勳，而懼社稷之隕，是以有殽之師。猶願赦罪于穆公。穆公弗聽，而即楚謀我。天誘其衷，成王隕命，穆公是以不克逞志于我。穆、襄即世，康、靈即位。康公，我之自出，又欲闕翦我公室，傾覆我社稷，帥我螫賊，以來蕩搖我邊疆，我是以有令狐之役。康猶不悛，入我河曲，伐我涑川，俘我王官，翦我羈馬，我是以有河曲之戰。東道之不通，則是康公絕我好也。
>
> 及君之嗣也，我君景公引領西望曰：『庶撫我乎！』君亦不惠

﹝註14﹞楊伯峻、徐提《白話左傳》，長沙：岳麓書社，1993 年 8 月，第 59 頁。

稱盟，利吾有狄難，入我河縣，焚我箕、郜，芟夷我農功，虔劉我邊陲，我是以有輔氏之聚。君亦悔禍之延，而欲徼福于先君獻、穆，使伯車來命我景公曰：'吾與女同好棄惡，復脩舊德，以追念前勳。'言誓未就，景公即世，我寡君是以有令狐之會。君又不祥，背棄盟誓。白狄及君同州，君之仇讎，而我昏姻也。君來賜命曰：'吾與女伐狄。'寡君不敢顧昏姻，畏君之威，而受命于吏。君有二心於狄，曰：'晉將伐女。'狄應且憎，是用告我。楚人惡君之二三其德也，亦來告我曰：'秦背令狐之盟，而來求盟于我：「昭告昊天上帝、秦三公、楚三王曰：『余雖與晉出入，余唯利是視。』不穀惡其無成德，是用宣之，以懲不壹。」'諸侯備聞此言，斯是用痛心疾首，暱就寡人。寡人帥以聽命，唯好是求。君若惠顧諸侯，矜哀寡人，而賜之盟，則寡人之願也，其承寧諸侯以退，豈敢徼亂？君若不施大惠，寡人不佞，其不能諸侯退矣。敢盡布之執事，俾執事實圖利之。"〔註15〕

這是《左傳》中有名的〈呂相絕秦〉。背景則是秦桓公侵略晉國，結果戰敗，秦桓公後悔了，想和晉國恢復友好，晉國不肯，派出呂相與秦絕交。

全文由呂相歷數晉秦兩國從晉獻公與秦穆公友好，其後兩國數君屢屢交惡之事，最後秦桓公即位，利用晉國出師滅赤狄之際，攻打晉國，晉景公於是和秦桓公打了一場「輔氏之役」。秦國戰敗，秦桓公後悔了，和晉國和解，剛好晉景公去世，於是秦桓公和晉國繼位的晉厲公締結了令狐之盟。但締結了友好的盟約之後，秦桓公又想結合狄人與楚人伐晉，幸好狄人與楚人都把這個情況告訴晉侯，晉厲公於是派呂相去斷絕了和秦國的友好關係。

文中的「同好棄惡，復脩舊德」就是在晉秦「輔氏之役」後，秦桓公戰敗，想要和晉景公和解，修復舊好時所說的話。「同好」一詞，歷代學者同樣沒有注釋，楊伯俊、徐提先生的《白話左傳》譯為「重修舊好」〔註16〕，與僖公四年的

〔註15〕文字校訂及標點符號都依楊伯峻《春秋左傳注（修訂本）》（北京：中華書局，1981年3月），頁861～865。但是文中引號有四重，讀者辨識艱辛，因此本文標點體例略做調整：第一重引號用＂＂，第二重用''。第三重引號改用「」、第四重用『』。以便閱讀。

〔註16〕楊伯俊、徐提《白話左傳》，第188頁。

語譯不同，但此處的語譯顯然較為精確。

以上兩段《左傳》中的「同好」都是本來友好的兩個國家，後來一方侵略對方，失利之後，又想恢復舊好。《成公十三年》的「同好棄惡，復脩舊德」說得尤其清楚，就是要修復舊好。但「同好」並非先秦合理的構詞，因此《左傳》中的這兩個「同好」很有可能都是「周好」的訛誤。

兩段《左傳》中「同好」的歷史事件和《越公其事》極為類似。已往沒有類似的材料比對，大家對「同好」也都覺得還通〔註17〕，因此沒有人對這個詞有什麼意見。如今我們看到《越公其事》的「棄惡周好」，就覺得《左傳》的「同好棄惡」的「同」字似乎有點問題。

前面已經說過，「棄惡周好」是一個對偶式的句子，「棄」與「周」都是動詞，「惡」與「好」則是補語。「惡」與「好」文義相反，則「周」與「棄」也應該文義相反。「棄」是拋棄的意思，那麼「周」字以訓為「取合」、「修補」、「周固」、「調合」等義項較合適。《左傳》「同好」的「同」字與「棄」字的相對性較不明顯。我們可以合理懷疑，《左傳》的「同好棄惡」應該是「周好棄惡」之訛，「同」、「周」二字的歷代字形如下（取自《說文新證》）：

「同」字字形表

1 商.後 2.10.2《甲》	2 周早.沈子它簋《金》	3 周中.同白簋《金》	4 周晚.散盤《金》
5 周晚.元年師兌簋《金》	6 戰.齊.陶彙 3.368	7 戰.晉.中山王響鼎《金》	8 戰.楚.包 126《楚》
9 秦.睡 23.17《篆》	10 西漢.西陲簡 39.3《篆》	11 新嘉量《孫》	12 東漢.曹全碑《篆》

〔註17〕因為《東觀漢記·傳十三·楊政》：「楊政，字子行，治梁丘易，與京兆祁聖元同好，俱名善說經書。」《後漢書·列傳·竇融列傳》：「章字伯向，少好學，有文章，與馬融、崔瑗同好，更相推薦。」都有這樣的用法。而沒考慮到這種用法可能就是繼承訛誤的《左傳》產生的新詞，不能以此反證《左傳》的用法合理。

「周」字字形表

1 商.甲 3536《甲》	2 商.乙 7312《甲》	3 商.鐵 36.1《甲》	4 周早.保卣《金》
5 周中.免簋《金》	6 周晚.無更鼎《金》	7 戰.齊.貨系 2659	8 戰.晉.璽彙 423
9 戰.晉.璽彙 3026	10 戰.楚.璽彙 1197	11 戰.楚.信 2.20《楚》	12 戰.楚.秦 1.1《楚》
13 戰.楚望二策《楚》	14 戰.楚.包 206《楚》	15 秦.泰山刻石《篆》	16 西漢.定縣竹簡 24

很明顯的，二字戰國以下的字形非常類似，因此戰國秦漢之際，「周」訛為「同」是很有可能的。

除了形近之外，二字也有聲音關係。朱駿聲《說文通訓定聲》說：

《離騷》叶調同，《韓非·揚權》叶同調，東方朔〈繆諫〉叶同調。按：同調亦一聲之轉，如獿之為猱、巇之為猲，自無不可。然此實學〈車攻〉詩而誤，〈車攻〉五章以伾、矢、柴為韻，古人用韻，閒有在句中者，遞數之不能終也。若首尾遙韻，中二句連韻，全詩無此體例。或曰：調者詞之形誤。存疑。〔註18〕

朱駿聲以為「同調一聲之轉」，就是指「同周音近」（調從周聲），「周」（直流切，上古聲屬照／章紐，韻屬幽部），「同」（徒紅切，上古聲屬定紐，韻屬東部），二字上古聲都在舌頭，韻則幽東旁對轉。〔註19〕古代文本的訛誤，往往形

〔註18〕朱駿聲《說文通訓定聲》（北京：中華書局影印，1984 年 6 月），頁 36。

〔註19〕參陳新雄《古音學發微》（臺北：文史哲出版社，1972 年 1 月），頁 1085。

音義都有關係，「周」與「同」應該是一個很典型的例子。

本文初稿發表於北京師範大學（珠海分校）主辦「古典學的重建」出土文獻與早期中國經典研究，2020 年 12 月 19～20 日。